Kukonpoikia

Kukonpokia

Pekka Lempiäinen

© 2020 Lempiäinen, Pekka
Kustantaja: BoD – Books on Demand, Helsinki, Suomi
Valmistaja: BoD – Books on Demand, Norderstedt, Saksa
ISBN: 9789528034735

1.

He tulivat metsästä. Heitä oli monta. Joukon kärjessä kulki salskeita nuorukaisia, terveitä ja vahvoja ja päihtyneitä. Muutama teini-ikäinen tyttö kulki mukana. Joukon jatkona maleksi hyvin nuorta väkeä, pienimmät vasta alun toi-sella kymmenellä. Ulkonäöltä he olivat hyvin kirjavaa joukkoa, ei sen puoleen mikään tiivis ryhmä. Toisilla nuorukaisilla hiukset valuivat olkapäille asti, muutamat olivat aivan kaljuja. Näkyi pieniä parranalkuja ja viiksiä, mutta useimmat olivat sileäksi ajeltuja, tai ehkei heillä vielä karvoja kasvanutkaan. Vaatteista näkyi se, että monella takki oli nahkaa, housut farmarikangasta. Bootseja ja lenkkitossuja oli miltei yhtä paljon. Samanlaisia nuorukaisia hän oli nähnyt silloin, kun meni armeijaan ja ennen kuin väki siellä joutui parturiin. He oli-sivat voineet olla sirkuksesta karanneita yhtä hyvin kuin pöpilän asukkeja tai vaikka metsä-rosvoja.

Hän tiesi, ettei pitäisi pelätä heitä, ei aina-kaan näyttää pelkoaan. Mistä hän sen nyt muistikaan? Oliko isäpappa opettanut poi-kaansa ennen kuolemaa, vai joku muu muka viisas mies tai nainen. Pelkoa ei saa näyttää, niin joku oli sanonut. Samassa hän muistikin jotain. Mutta silloin kyse oli ollut eläimistä. Niinhän se olikin. Hän oli lapsena pelästynyt koiraa, joka jostain syystä murahteli hänelle. Koiran omistaja, muuan Vaasinen oli heti vetä-nyt koiran pois hänen läheltä ja selittänyt, että koirat vaistoavat aina, jos pelkää ja siksi muri-sevat. Koira on nöyrä niin kauan, kun uskoo että ihminen on sen herra. Jos ihminen pelkää, silloin koira on herra. Mutta ei koira silloinkaan tosissaan ihmistä pure, näykkii ehkä vähän.

Mutta ei hän silloin itse asiassa koiraa ollut pelännyt, vaan jotain ihan muuta. Hän oli pelännyt seuraavaa päivää ja kouluun joutu-mista. Hän oli silloin kai menossa neljännelle luokalle laiskottelua sisältäneen kesäloman jäl-keen. Hän pelkäsi koulua, pelkäsi opettajia ja pelkäsi oppilaita, niin kuin oli pelännyt muina-kin vuosina siitä lähtien kun koulun aloitti. Joka vuosi ensimmäinen koulupäivä oli aina ollut pelottavin. Vähin erin pelko oli talven aikana laantunut, niin että keväällä hän oli koulua pelännyt vain vähän, mutta syksyllä taas yhtä paljon kuin edellisenä vuotena.

Koiran muristessa hän oli unohtanut pel-konsa koulua kohtaan ja koira oli rauhoittunut ihan itsestään. Mutta kun hän oli unohtanut koiran, oli koulu tullut uudelleen mieleen ja pelko palannut ja koira oli mulkoillut häntä äkäisenä niin kauan kuin hänet näki. Ei se isännän läsnä ollessa kuitenkaan ollut hänelle enää murissut.

Mutta pelkoaan hän ei silloinkaan ollut pystynyt pitämään kurissa, eikä siinä ollut onnistunut koskaan myöhemminkään.

Nyt häntä vastassa oli vain ihmisiä, nuoria ihmisiä. Vaistoaisivatko nuo ihmiset sen, että hän pelkäsi, ei niinkään heitä mutta jotakin. Hän arvasi, että pelko näkyi hänestä päälle ja sen koirat vaistosivat ja ihmiset näkivät. Mitä hän nyt pelkäsi, siitä hän ei ollut aivan varma itsekään. Kummitteliko mielessä jo maanantai-aamu ja töihin lähtö ja kaikki työpaikan ihmiset. Vai pelkäsikö hän edessä olevaa tylsää viikonloppua, jonka viettäisi äidin seurana ja kylään tulisi veli vaimoineen ja muksuineen, ynnä ehkä muitakin sukulaisia ja tuttavia ja hänen kai pitäisi olla kuin häntä muka kiinnostaisi heidät kuulumiset.

Hän tajusi samassa, että kaikki paikat missä oli ihmisiä, olivat pelottavia.

Keitä olivat nuo nuoret, jotka täyttivät nyt koko pururadan. Oli hän useita heistä nähnyt kylällä, mutta ei ketään tuntenut sen paremmin. Vanhimmat heistä olivat melkein saman ikäisiä kuin hän ja jos hän olisi ihmisten seurassa viihtynyt, hän olisi voinut olla yksi heistä. Nyt he olivat vieraita ja pelottavia. He olivat ihmisiä.

Hän olisi voinut vielä kääntyä ja kulkea toista reittiä kotiinsa. Tuskin he olisivat hänen perään lähteneet. Mutta hän jatkoi matkaa kuin heitä ei olisikaan. Niin hänen isänsäkin olisi tehnyt, ei olisi väistänyt moista joukkoa. Hän oli isänsä poika, armeijan käynyt mies. Ei hänen sopinut pelätä, tai ei ainakaan myöntää muille, että pelkäsi.

Vaikka lauma oli iso, näki selvästi, että se oli pienen ytimen ympärillä. Ytimessä itse asiassa oli kai vain kaksi nuorukaista. Hän oli heidät silloin tällöin nähnyt baarilla tai kioskilla, kuullut heistä paljon juoruja. Toista kutsuttiin Ranttaliksi, toista Iivanaksi. Muutaman sekunnin ajan kuulemansa juorut täyttivät pään. Nuo juorut tuntuivat olevan kaikki samanlaisia ja kertoivat, että Ranttali ja Iivana olivat tapelleet siellä ja nujakoineet tuolla, olivat pahoinpidelleet jonkun tuolla, jonkun toisen siellä. Kaikki kuulemansa juorut liittyivät noihin kahteen, muista nuorista hän ei muistanut kuulleensa mitään. Päällimmäiseksi nousi eräs muistikuva. Hän oli silloin ollut baarissa, kun yksi laiha rekkakuski oli kertonut: ”Minä muistan sen varmaan loppuelämän ajan. Ranttali ja Iivana olivat pysäkillä ja siihen pysähtyi linja-auto. Se bussi oli melkein täynnä väkeä. No ensin siitä astui alas joku rouva ja toinenkin, mutta kolmantena astui bussista ulos joku mies. Saman tien, kun miehen jalat osuivat maahan, Ranttali löi sitä nyrkillä keskelle naamaa. Mies kaatui ja konttasi takaisin sisälle. Ja ne rouvatkin, jotka jo olivat pysäkillä, juoksivat takaisin bussiin ja kuski sulki oven ja bussi lähti pysäkiltä niin kovaa kuin vain pääsi. Siinä ne silloin näkivät muu paikkakuntalaiset, millaista on elää tässä kylässä. Oli se kuin villinlännen meininkiä."

Tuo jäi mieleen kai siksi, kun tuntui niin oudolta, että tuo aikuinen puhui noista nuorukaisista niin ihannoivasti, samoista nuorista, joita hänen velipoika Antti kutsui pahaisiksi pukareiksi ja Antin vaimo kutsui epeleiksi ja äiti heittiöiksi.

Nyt nuo samaiset pukarit olivat häntä vastassa. Porukkaa oli pururadan täydeltä, osa nuorista oli metsässä. Hänen kulkiessa lähemmäksi porukka jakautui kahden puolen pururataa niin, että ura johti hänet kohti Ranttalia ja Iivanaa. Se tuntui hetken kuin suunnitellulta, tuo väylä kohti kahta pahinta pukaria. Hän arveli sen olevan vain sattumaa. Nuorimmat laumasta, kun olivat vielä niin nuoria, että tuskin edes kykenisivät mitään suunnitelmia noudattamaan, eivätkä toisaalta tuntuneet piittaavan hänestä mitään.

Hän asteli kohti Ranttalia ja Iivanaa. Eivät nämä uhkaavilta näyttäneet, virnuilivat vain leveästi, kysyivät että minne mies matkalla.

– Kotiin tästä hiippailen, hän vastasi.

Nuoria oli edessä, takana ja sivuilla, niin että hänen oli pysähdyttävä. Ranttalilla ja Iivanalla tuntui olevan pientä kinaa keskenään, he kuin unohtivat hänet samassa.

– Kyllä sä sen pullon piilotit, Ranttali sanoi. – Juuri ennen kuin mentiin baariin.

– En mä siitä muista mitään. Muistan sen kun mentiin sinne, mutta sitten on ihan pimeetä pitkän aikaa. Tai muistan kyllä sen, kun välillä käytiin ulkona ja yritettiin sitten sisälle päästä uudelleen ja se yks kaheli laitto oven poseen. Ja sitten taas muistan, kun lähettiin. Mutta mä luulin, että se pullo oli sulla.

– Se olikin mulla vähän aikaa, mutta sitten annoin sen sulle. Sun piti keksiä sille joku jemma.

Pukarit yhä kuin tukkivat hänen tien eteenpäin, eikä hän tiennyt tekivätkö sen tarkoituksella, vai siksi että keskenään kinatessa unohtivat hänet. Hän odotti, että he siirtyisivät edes sen verran, että hän heitä tönimättä pääsisi ohi. Sellaista rakoa ei ollut. Jos aikoisi heidän ohi, hänen pitäisi vähän töniä heitä tai kiertää heidät metsän kautta. Tuntui kuin koko lauma pikkuhiljaa tiivistyisi hänen ympärille. Hän arveli, että muita kiinnosti vain Ranttalin ja Iivanan kinaaminen.

Samassa Ranttali ja Iivana unohtivat keskinäisen kinan, kääntyivät häneen päin. Molemmat virnuilivat koko naaman leveydeltä.

– Vai kotiin hiippailet, sanoi Ranttali.

Hän nyökkäsi, katsoi Ranttalia suoraan silmiin tiukasti, kääntyi sitten ja aikoi kiertää metsän kautta pukareiden ohi.

Selässä tuntui ensin tömähdys, sitten ankara kipu. Siitä hän ei ehtinyt toipua, kun samassa nenä tuntui räjähtävän poskille. Hän näki vain jotain punaista. Vielä hän tunsi, miten kaatui ja tömähti tantereeseen. Se ei enää sattunut. Päässä tuntui vielä kolahdus ja sitten oli vain mustaa. Kylkiluita katkovia potkuja hän ei tuntenut.

2.

– Jonakin päivänä ne vielä tappavat jonkun.

Antti kuuli tuon lauseen kaiken muun puheensorina yli ja äänestä tunnisti puhujaksi Jussi Vertosen. Hän myös arvasi, mistä pöydässä puhuttiin ja siirtyi lähemmäksi.

– Kyllä niille jotain pitäisi tehdä, ennen kuin johonkin perheeseen tulee oikein suuri suru, sanoi Jussin vieressä istuva nainen.

Antti muisti, että myös Vertosen pojat olivat joutuneet jengiläisten riepottelemiksi, ainakin yksi heistä. Mutta siitä oli jo aikaa ja se tapaus oli päättynyt ilman sairaalareissua, eikä siihen kai poliisejakaan sotkettu.

Hän oli vasta töissä päivällä kuullut mitä oli tapahtunut, eikä tuokaan viesti ollut muuta tiennyt sanoa, kuin sen, että Eeti oli viikonloppuna päätynyt sairaalaan mukiloinnin jälkeen. Hän oli ensin aikonut lähteä katsomaan Eetiä sairaalaan, mutta soitto sinne oli kertonut, ettei poika ole vielä kunnolla tajuissaan. Toiseksi hän oli aikonut lähteä katsomaan, miten äiti oli uutisen ottanut vastaan, mutta ajanutkin sitten kylälle ja baariin. Kai hänen äitiä pitäisi mennä katsomaan, heti kun saisi tietää vähän enemmän.

– Teidän pitää tänne pian perustaa kodinturvajoukot, sanoi Anselmi Kuurula.
– Ei kun halot käsiin ja kotia puolustamaan.

Antti katsoi miestä äkäisenä. Anselmilla ei ollut omaa perhettä, eikä kai edes mitään omaisuutta mitä puolustaa. Miksi sitten vääntää vitsiä asiasta mistä ei mitään tiedä. Mies oli jostain vain ilmestynyt kylälle, tullut yksin ja asui yksin. Ei kai miehellä itsellään ollut mitään mitä puolustaa.

– Sitä kai pitäisi sitten koko kylää puolustaa, sanoi Vertonen. – Ei se ole mikään parin ukon asia. Eivätkä ne pukarit kai vielä ole kenenkään kotiin tunkeutuneet, en ainakaan ole kuullut. Ja on minulla kotona haulikko ladattuna yötä varten, että jos sinne tulevat niin saavat äkkilähdön. Mutta jos sen kanssa kylällä partioi, joutuukin sitten itse poliisin huostaan.

– Eikä poliisi voi niille mitään, sanoi Anselmi. – Siellä Suolammella, missä minä joskus vuosia sitten asuin, niin siellä äijät keräsivät semmoisen iskuryhmän. Se oli vähän niin kuin nopean toiminnanjoukot. Ei niitä ollut kuin ehkä kymmenkunta äijää. Ne ottivat niistä jengiläisistä kiinni niitä pääjehuja yksi kerrallaan ja pieksivät ne niin pahasti, että pukarit päätyivät sitä mukaa sairaalaan asti.

– Jos me lähdetään kylälle riehumaan, niin heti ovat poliisit paikalle, väitti Vertonen.

– Eivät ne niistä nuorista pukareista piittaa, mutta meidät kyllä veisivät heti putkaan.

– Ei kerrota poliisille mitään, sanoi Anselmi.

– Antaa poliisin etsiä sileitä renkaita ja mittailla ylinopeuksia, sen homman ne osaa. Mutta siellä Suolammella, missä minä synnyin ja asuin, me oikein vahdittiin niitä pääpukareita, varjostettiin kuin poliisin etsivät ikään, ja kun sopiva paikka tuli, niin porukalla iskettiin kuin salama kirkkaalta taivaalta. Eikä meillä mitään aseita ollut koskaan muassa, muuta kuin mitä nyt halot ja muuta semmoista. Tai oli jollain kai pyssykin, mutta ei kertaakaan pyssyllä ampunut kukaan. Se oli niin kuin semmoista rehellistä peliä. Että kun se pukarijengi porukalla pieksi jonkun, niin sitten piestiin porukalla joku pukareista. Saivat ne jehut niinku itse tuta, miltä se tuntuu, kun porukan pieksemäksi joutuu. Ja jos vähänkin oli niinku tavallinen tappelu kyseessä, niin ei niistä piitattu mitään. Silloin vaan, kun porukalla joku piestiin, niin silloin se iskuryhmä antoi samalla mitalla takasin. Ja kyllä minä vaan tykkään, että se tienoo sillä tavoin siitä rauhoittui. Poliisit nyt ei kai siitä kovin hyvää tykänny, mutta...

– Ne samat jengiläisetkö ne aina vaan riehuvat, Antti kysyi.

– Ei, ei kun nämä oli Suolammella... sanoi
Anselmi, mutta tajusi samassa, että Antti
puhuikin Vertoselle.

– Ilmeisesti samat, sanoi Vertonen. – Ei näin
pienessä kylässä onneksi montaa semmoista
jengiä olekaan. Nekö nyt sitten sinun veljesi...

– Niin kuulemma. Vasta minä siitä itsekin
kuulin. Enkä ole Eetiä vielä nähnytkään. Sairaalassa kuuluu olevan ja taju vieläkin hämäränä. Ei kai tajua tästä maailmasta vielä paljoa
mitään.

– Ne ovat kohta niin paljon väkeä täällä
mukiloineet, että niistä mukiloiduista voisi
perustaa vaikka pienen armeijan, sanoi
Anselmi. – Sen armeijan kun aseistaisi vaikka
heinäseipäillä, niin kyllä ne semmoisen jengin
mukiloisivat pois maailmankartalta. Pahastiko
sille kävi, veljellesi?

– Pahasti, kyllä kai aika pahasti oli käynyt.
Ei ihan vähään aikaan sairaalasta pääse.

– Mitenkä se Liisa siihen, kysyi Anselmi.

– En ole nähnytkään sen jälkeen. Olen kyllä
menossa sinne.

– En minä kyllä tajua sitä väkeä, sanoi Vertonen. – Kyllähän sitä ennenkin tapeltiin ja
joskus tapeltiin oikein heinäseipäidenkin
kanssa, mutta ei silloin ketään vahingoitettu.

Joskus joku sai turpiin niin että etuhampaat lähti, tai silmä tuli mustaksi, mutta siihen se aina jäi. Myöhemmin sitten sovittiin ja mentiin kaljalle yhdessä. Nämä nykyiset pukarit, nämähän mukiloivat ihan kenet vaan ja niin pahasti, että hyvä kun hengissä pysyy. Ja mukiloinnin jälkeen vielä potkivat, kun toinen on jo kypsä.

– Mutta niin vaan siellä Suolammella saatiin pukarit kuriin, sanoi Anselmi. – Mutta siitä on jo kauan. Nythän minä pian täytän jo kuusikymmentä. Siitä tulikin mieleen, että poiketkaapa kolmen viikon päästä kylään, niin juhlitaan sitä, juodaan ja syödään, varsinkin juodaan.

– Kyllä niille pukareille jotain pitäisi tehdä, sanoi Antti. – Kyllä jotain pitäisi tehdä.

Pian kaikki baarissa tarjoilijaa myöten osallistuivat keskusteluun ja kaikki he jotenkin tuomitsivat pukarit, mutta mitään ei tapahtunut. Ei Antti pois lähtiessä ollut yhtään sen tyytyväisempi kuin tullessakaan, eikä yhtään viisaampi. Eikä hän pois lähtiessä edes tiennyt, miksi baarin oli tullut. Kai hän oli odottanut saavansa jotain tietoja, mutta ei hän niitä saanut. Sai hän kyllä myötätuntoa tapauksen vuoksi, mutta ei hän sitä tarvinnut. Hän halusi jotain, mutta ei itsekään tiennyt mitä. Ehkä sääli ja myötätunto kannattaisi säästää Eetin äidille, vaikka ei hän uskonut äidinkään sitä kaipaavan. Myötätuntoa oli helppoa jakaa, se kun oli ilmaista, mutta mitä se ketään auttoi.

Eikä hän uskonut, että Eetikään kaipaisi myötätuntoa ja sääliä. Tosin hän vasta tajusi, ettei tiennyt Eetistä paljoakaan, ei ainakaan sitä mitä Eetin päässä kulloinkin liikkui. Poika oli ollut paljon yksin, kun oli kahdeksan vuotta häntä ja kymmenen vuotta Maunoa nuorempi. Kun hän oli mennyt kouluun, ei Eeti ollut vielä syntynytkään. Oli syntynyt toki aikanaan, mutta ei hän ollut edes huomannut milloin. Ykskaks vaan oli kitisevä ipana seimeen ilmestynyt. Kyllä hän myöhemmiltä vuosilta muisti, että heillä oli kotona ensin vauva ja sitten pikkulapsi, mutta ei hän ollut piitannut. Ei koululaisella ollut aikaa vauvojen kanssa leikkiä. Kun Eeti oli mennyt ensimmäiselle luokalle kouluun, hän oli jo aloittamassa työelämää. Ei työläinen ehtinyt koululaisten murheisiin perehtyä. Kun Eeti oli selvinnyt työikään, hän oli jo naimisissa ja perhettä perustamassa. Ei hänellä silloinkaan ollut muuhun aikaa, kuin omaan perheeseen ja työhön. Ei hänellä Eetin kanssa ollut yhteisiä harrastuksia, ei edes mitään mistä rupatella.

Eeti oli aina ollut jossain taustalla, oli aina ollut läsnä mutta kuin näkymättömänä.

Vai nopean toiminnanjoukot, hän mietti autolle kävellessään. Että heinäseipäät käsiin ja pukareita pieksemään. Voisihan siinä jotain ollakin.

3.

Äiti oli päällepäin kuten aina, oli melkein mahdotonta nähdä päältä, mitä ajatteli tai mitä tunsi. Sellainen äiti oli ollut aina, mitään tunteita ei näyttänyt ulospäin, ei edes omalle perheelle. Sellainen oli ollut myös isä Jaakko, kuin kiveen veistetty ukko. Ehkä äidin silmät olivat nyt tavallista punaisemmat, mutta ei hän sitä hämärässä keittiössä varmasti erottanut.

Maikki oli tullut paikalle vähän ennen häntä. Sen hän päätteli siitä, kun keittiössä tuoksui vasta keitetty kahvi. Maikki istui pöydän ääressä kumarassa, tuijotti kahvikuppia ja kuumaa kun oli, joi sitä pienen lusikallisen kerrallaan. Maikki vain vilkaisi häntä, palasi taas ajatuksiinsa.

Kahvi tuoksui hyvälle ja hän tiesi, että se myös maistuisi hyvälle, paljon paremmalle kuin kahvi mitä hän töissä joutui juomaan. Kahvi kai olikin ainoa asia minkä äiti vielä osasi kunnolla tehdä. Ruuan poltti kattilaan tai paistinpannulle ja jos jonkin ruuan sai onnistumaan, pilasi sen liialla suolalla.

– Sinäkin kai jo olet kuullut, äiti sanoi häneen päin kääntymättä.

– Kuulin, soitti se yksi Jäärälä mulle töihin. Ja kuulin nyt vielä baarissa uudelleen.

Äkisti Maikki nousi pöydästä ylös, kulki ovelle, mutta palasi samassa takaisin pöytään.

– Ei helvetissä, miksi Eetille tehtiin semmoista, Maikki sanoi. – En ymmärrä, en yhtään ymmärrä.

– En ymmärrä minäkään, Liisa sanoi. – Ei Eeti ole koskaan tehnyt kenellekään mitään pahaa. Mitä ne Eetille… Mutta kai siihen pitää vaan sopeutua, hyväksyä sekin paha.

– Minä en tätä hyväksy, sanoi Antti. – Eeti on sentään minun veli. Ei olisi faija hyväksynyt tätä, enkä hyväksy minäkään. Minä niille pukareille vielä näytän.

– Taivaan merkitkö meinaat näyttää, Maikki kysyi, painui sitten kumaraan, tuijotti kahvikuppia läheltä.

Antti oli kuin ei olisi kuullutkaan. Vähän hän ihmetteli, että miksi Maikki asiaan niin raskaasti suhtautui, eihän Maikki Eetiä tuntenut kuin hänen kautta. Mutta ehkä naiset samaistuivat herkemmin ennalta heikomman asemaan, kuten Eetiin. Tosin kovin paljoa herkkiä piirteitä hän ei Maikissa ollut muutoin huomannut. Mutta Eetiä Maikki oli aina ennenkin puolustanut, silloinkin kun mitään puolustettavaa ei oikeasti olisi ollut. Oli hän joskus Maikille sanonutkin, että eikö tämän kuuluisi puolustaa aviomiestään eikä aviomiehen veljeä.

– Jos Jaakko vielä eläisi, niin se ampuisi haulikolla suolarakeita semmoisten heittiöiden persuksille, sanoi Liisa. – Niin se on tehnyt ennenkin ja niin sillekin on tehty, silloin kun se nuori oli. Mutta ei Jaakon eläessä koskaan mitään tällaista sattunut. En tiedä miksi ei. Ei vaan sattunut mitään, vaikka minä aina sitä pelkäsin.

Maikki joi kupin tyhjäksi, nousi pöydästä, tuijotti hetken aikaa ikkunasta ulos.

– Minun pitää lapset hakea. Tulen kotiin, kun ennätän, sanoi Maikki ja lähti.

Hän istui kahvipöytään. Äiti toi kupin hänen eteen, nosti kahvipannun niin että hän itse ulottui siitä kaatamaan, siirsi vielä voileipälautasen ja pullavadin hänen eteen kuin olisi jokin kone, ei vilkaisutkaan häntä, ei kysellyt tahtoiko hän pullaa tai voileipiä. Äiti istui itse ikkunan viereen, katseli ulos. Silmissä oli kuin verhot, ikään kuin äiti vaistoaisi jotain, näkisi ikkunan takaa tulevaisuuden ja siinä tulevaisuudessa oli jotain uhkaavaa. Ehkä äiti kuvitteli, että nuo pukarit ryhtyisivät vainoamaan heitä, mukiloisivat juuri äidin perhettä aina kun näkisivät.

Mutta olihan äiti ollut huolissaan miltei aina, varsinkin niinä vuosina, kun hän meni kouluun. Silloin äiti oli aamusta toiseen katsellut rapuilta hänen kouluun menoa, oli kai

aikanaan katsellut myös Maunon kouluun läh-
töä. Varsinkin tien ylittäminen oli äidille kuin
pakkomielle, oli satoja kertoja hänellekin
sanonut, että ensin on katsottava vasempaan ja
sitten oikeaan ja vielä kerran vasempaan ja jos
ei autoja tule, sitten nopeasti tien yli. Jo lap-
sena tuo lause oli kaikunut hänen päässä niin
ettei öisin meinannut unta saada. Juuri ennen
ensimmäistä koulupäivää äiti oli hössöttänyt
sitä kai viikon päivät, niin että isäkin oli lopulta
hermostunut ja kivahtanut, ettei poika sentään
mihinkään sotaan ole lähdössä. Niin huolissaan
äiti oli ollut, että kai viimeistään silloin äidin
kasvoille olivat syöpyneet huolten aiheuttamat
rypyt, niin että vanhemmiten oli aina
huolestuneen näköinen, silloinkin kun kukaan
toinen ei mitään syytä huoleen keksinyt.

Mutta kovin turhaa äiti oli huolissaan ollut.
Mitään kovin pahaa hänelle tai Maunolle ei
koskaan ollut tapahtunut, vain pieniä tappelu-
ja, pieniä kolhuja ja pieniä läheltä piti tilantei-
ta.

Oli äiti ollut huolissaan myös isä Jaakosta ja
tämän työmatkoista. Siitä lähtien kun muisti,
oli äiti isällekin iltaisin ja aamuisin hokenut
aivan kuin pikkulapselle, varovaisuutta ja
huolellisuutta. Kun isä sitten oli kuollut
sydänkohtaukseen, oli äiti ollut paitsi mur-
heellinen, myös kuin petetty. Mitään onnetto-

muutta kun ei isälle ollut sattunut, vain ihan tavallinen kuolema, mitä äiti ei millään varoituksilla olisi voinut välttää.

Mutta hän ei muistanut, että äiti olisi koskaan ollut kovin huolissaan Eetistä, ei edes silloin kun tämä aloitti koulun tai lähti armeijaan. Eetihän vain oli, teki kuuliaisesti sen, mitä kulloinkin käskettiin, juuri muuta ei tehnyt, ei ainakaan häirinnyt ketään tekemisillään. Eeti ei koskaan ollut aiheuttanut huolta äidille, eikä kenellekään muullekaan. Eeti vain oli. Tuntui oudolta, että juuri Eetille piti sattua se, mistä äiti oli niin huolissaan ollut hänen ja Maunon ja isän kohdalla.

– Että pitikin sattua, sanoi äiti. – Pitäisikö meidän tässä lähipäivinä sinne sairaalaan mennä Eetiä katsomaan. Kun ei Maikkikaan oikein kerkeä. Sanoi vaan, että ei ole tullut tavaksi sairaaloissa vierailla.

– Mennään vaan, mennään vaikka heti huomenissa, hän sanoi. – Tai heti kun se tulee kunnolla tajuihinsa. Nyt on kuulemma vielä ihan tokkurassa.

– Ja pitäisikö sille Maunolle jotain ilmoittaa, äiti sanoi. – Kuuluisihan se sillekin.

– Ei se sille kuulu, Antti sanoi. – Eikä sitä taida kiinnostaakaan. Sen jälkeen, kun se sinne Kanadaansa muutti, ei ole kertaakaan käynyt kotona, ei tiettävästi koko Suomessa. Kai se viihtyy siellä niin hyvin, ettei muista enää koko Suomea, meistä nyt puhumattakaan.

Lähtiessään hän tiesi, että äiti ottaisi Maunoon yhteyttä. Askarrutti vain se, että millä tavalla, soittaisiko Kanadaan vai lähettäisikö kirjeen. Tosin oli äiti kai jo oppinut käyttämään sähköpostiakin. Sillähän viestit vikkelästi menisivät maailman ääriin.

4.

Siellä kerääntyi iso lauma nuoria hiekkakuopan yläpuolelle pieneen metsikköön. Ranttalin ja Iivanan hän oli nähnyt paikalle kulkevan, muita joukosta hän ei ulkonäön perusteella tunnistanut. Puiden ja hämärän takia hän ei paikalle kunnolla nähnyt, mutta arveli, että hyvinkin parikymmentä nuorta paikalla jo oli. Ja lisää tuntui väkeä valuvan kaikista ilmasuunnista. Kun kaksi nuorta kulki kohti hänen autoa, hän valui penkillä alaspäin niin, etteivät nämä häntä näkisi. He kulkivat ohi aivan auton vierestä. Toinen oli hyvinkin pyylevä, pukeutunut punaiseen pusakkaan. Myös kasvojen iho näytti punaiselta kuin nuorella porsaalla. Toinen oli päätä pitempi toista, mutta langanlaiha ja niin huono-ryhtinen, että pituudesta huolimatta pää keikkui yhtä alhaalla kuin kumppanillaan.

Hänen olisi tehnyt mieli pysäyttää pojat ja kehottaa näitä palaamaan kotiin ja viettämään siellä aikaa vaikka television ääressä. Selvästikään nämä eivät kuuluneet samaan laumaan Ranttalin ja Iivanan kanssa, mutta sinne he kulkivat.

Hän antoi nuorien mennä, vajosi yhä alemmas autonpenkillä, katsoi ohjauspyörän alta

metsikköön. Auton Antti oli pysäköinyt park-
kipaikalle niin, että näki sijaltaan kauaksi ja
pääsisi myös pakoon, jos nuoret hänen autosta
kiinnostuisivat. Parkkipaikalla oli vain pari
autoa hänen auton lisäksi ja siksi tuntui kuin
herättäisi huomiota. Mutta sikäli kuin hän oli
käsittänyt, Ranttalia tai Iivanaa eivät autot tai
autovarkaudet kiinnostaneet. Heitä kai
kiinnosti vain pukarointi.

Siinä kului tunti ja pian toinenkin. Nuoria
tuntui aina vain tulevan lisää. Heitä oli
enemmän kuin mitä hän uskoi kylällä nuoria
olevankaan, tuntui että jopa paljon enemmän
kuin mitä heitä näki päiväaikaan, tai ehkä
nuoret päivällä katosivat aikuisten sekaan,
jotka nyt vastaavasti loistivat poissaololla. Se
laittoi uskomaan, että myös naapurikylien
nuoria oli liikkeellä, että Ranttali sekä Iivana
olivat kohonneet suuremmiksi johtajiksi, eivät
olleetkaan enää pelkkiä kyläpukareita.

Vain muutaman aikuisen hän oli illan aika-
na nähnyt ja hekin kulkivat nopeasti ohi
sivuilleen vilkuilematta. Hän arveli, että kii-
rehtivät linja-autopysäkiltä kotiin niin nopeasti
kuin pääsivät. Myös joku koiran ulkoiluttaja oli
paikan ohittanut, mutta he menivät kaikki
päinvastaiseen suuntaan kuin nuoret.

Kapea metsäkaistale oli pian kuin läheisen
yläasteen piha koulupäivinä välitunnilla. Eri-

ikäisiä,-kokoisia ja -näköisiä nuoria kulki sinne tänne, niin poikia kuin tyttöjäkin, mutta poikia oli selvästi enemmän. Hän oli jostain luonto-ohjelmasta nähnyt saman. Suuressa ja tiiviissä laumassa eläimet tunsivat olevansa turvassa. Etsivätkö nuoret siten turvaa toisistaan? Mutta miksi sitten tappelivat yhtenään, pieksivät syyttömiä ihmisiä? Vai kuuluiko tappelu soidinmenoihin, kuten elämillä?

Hänellä itsellään oli kaksi lasta, poika ja tyttö. Hän mietti mitä heistä tulisi. Tulisiko pojasta Ranttalin tai Iivanan kaltainen pukari. Tulisiko tytöstä joku ruipelo, joka roikkuisi samanlaisen lauman kannoilla. Poika oli kuuden vanha, tyttö vasta neljän. Vaikea oli arvata, minkälaisia he olisivat kymmenen vuoden päästä. Miten hän estäisi heitä lähtemästä kotoa iltaisin, miten estäisi liittymästä pukari-laumaan?

Jossain vaiheessa iltaa väkeä lähti metsiköstä pois enemmän kuin saapui tilalle. Nuoria katosi pieninä ryhminä eri puolille kylää. Suurin laumoista seurasi Ranttalia ja Iivanaa ja hänkin yritti pysyä juuri sen lauman kintereillä. Mutta aina toisinaan laumasta erkani muutaman pään ryhmä, lähtivät vael-tamaan jonnekin vain. Se paljon hankaloitti lauman vahtimista, kun piti samalla vahtia, etteivät nuo pienet ryhmät yllätä häntä selustasta. Yhtä pientä ryhmää hän hetken aikaa vahti, mutta se kulki vain pienen lenkin urheilukentän laidalle, palasi sitten toista reittiä takaisin samaan laumaan mistä oli lähtenyt.

Ranttalin ja Iivanan lauma eteni hyvin hitaasti, seisahtui välillä kokonaan. Kuului paljon pulinaa ja naurua. Ensin lauma kulki pohjoiseen ja hän arveli, että suuntaavat järvenrannalle, mutta paljon ennen kuin perille pääsivät, lauma kääntyi ja ylitti maantien. Oltiin jo aika lähellä paikkaa, missä samainen lauma oli Eetin mukiloinut.

Mitään järkeä tai järjestelmällisyyttä ei nuorten liikkeissä tuntunut olevan. He kulkivat hetken pururataa, muuttivat taas suuntaa ja palasivat kylän keskustaan, ylittivät tien uudelleen ja olivat jo aivan lähellä metsikköä, mistä olivat hetkeä aikaisemmin lähteneet, mutta ennen kuin sinne ennättivät, kääntyivät taas ympäri ja palasivat pururadalle.

Hän hetken pelkäsi, että nuoret olisivat hänet huomanneet ja siksi mutkittelivat sinne tänne. Mutta samassa joukko lähti yhteen suuntaan paljon määrätietoisemmin kuin aikaisemmin. Hänen piti jättää auto kylän keskustaan, jäljittää nuoria jalan. Pääryhmän kannoilla oli helppoa pysyä, pitivät niin kovaa ääntä, ettei eksymisen vaaraa ollut. Hän huomasi, että eläimistä tuo nuorisolauma erosi juuri siinä, että miltei kaikki eläimet mitä hän oli vahtinut ja metsästänyt, ne olivat varsinkin öisin hyvin hiljaisia, petoeläimet vaanivat aivan äänettä, saaliseläimet koettivat pysyä piiloissaan. Nuorisolauma sen sijaan pulisi kaiken aikaa, välillä nauroivat niin että metsä raikui, ja myös kai ainakin parista soittimesta kuului musiikkia ja laulua.

Nuoret kulkivat vähän matkaa pururataa, poikkesivat polulle ja metsään. Hän jäi odottamaan. Tuntui arveluttavalta lähteä metsään nuorien perään. Jos olivat havainneet hänet ja odottaisivat, yöllä metsässä häntä ei pelastaisi mikään. Hän siirtyi polulta syrjään, kulki paikalle, missä oli joskus poikasena marjoja poiminut äitinsä kanssa. Yhä kuului nuorien ääniä, niin että saattoi päätellä, missä päin metsää olivat ja sen, että tuskin häntä ainakaan väijyivät missään. Hän etsi metsästä ryteikköisimmän reitin, kulki varovasti äänien suuntaan. Sieltä pilkisti pieni valonkajo puiden lomista. Hän asteli sitä kohti. Nuoret olivat vallanneet jonkun asumattoman talon. Kesäasunto kai paikalla joskus oli ollut, sen hän muisti. Talo oli vieläkin tallella ja päällisin puolin näytti ehjältä. Se sijaitsi metsässä niin, ettei naapureita ollut aivan lähellä ja lähimmätkin talot olivat vain silloin tällöin kesäisin käytössä. Järven rantaan oli matkaa vain noin sata metriä, mutta välissä kasvoi niin tiheästi puita, ettei järveltä taloa nähnyt silloinkaan, kun lehtipuut olivat paljaita. Hän ei tiennyt kuka talon omisti, ei ollut sitä havainnut kuin joskus lapsena metsässä kulkiessaan. Monesti hän oli järven puolelta kulkenut läheltä paikan ohi, kesäisin soutuveneellä ja talvisin jäätä pitkin kävellen tai suksilla, mutta ei ollut koskaan pannut merkille, että paikalla oli talo. Ilmeisesti paikalla ei omistaja ollut käynyt kesäisinkään, kun polku pururadalle oli kasvanut välillä melkein umpeen.

Nyt talolla oli uutta käyttöä, mutta tuskin semmoista mitä talon omistaja toivoi. Nuorisolauma tuntui taloa pitävän toisena kotinaan. Nuotio roihusi pihalla, sisältä tuli valoa, joka kai oli peräisin myrskylyhdystä tai kynttilästä.

Hän hiippaili samaa reittiä takaisin autolleen. Sen sisällä olo tuntui turvallisemmalta. Kotiin ajaessa hän oli vähän pettynyt. Ainakaan ensimmäinen yö vakoilutehtävässä ei ollut tuonut menestystä.

Mutta siinä oli hyvä alku, hän sitten ajatteli. Kun näkisi nuo pukarit omissa touhuissaan, hän saisi tietää mitä hänellä on vastassa. Kun näkisi heitä tarpeeksi, hän löytäisi heistä heikot kohdat ja iskisi niihin. Hän tiesi, että ei ollut yhtä vahva ja kova kuin isänsä oli ollut, ei edes yhtä väkevä kuin veljensä Mauno. Heillä molemmilla oli jotain henkistä kovuutta ruumiin voimien lisäksi. Kai isä Jaakko olisi samassa tilanteessa kävellyt keskelle pukari-joukkoa, riepotellut Ranttalia ja Iivanaa mielensä mukaan. Tuskin pukarit olisivat uskaltaneet vastaan harata. Sama olisi voinut onnistua myös Maunolta. Mutta isä oli kuollut ja Mauno muuttanut Kanadaan. Hänellä ei kovuutta tarpeeksi ollut, Eetillä ei sitäkään vähää.

Hän ajatteli, että kun ei ruumiillisia kykyjä tarpeeksi ole, pitää käyttää älyä. Hän ehkä pystyisi oveluudella tekemään saman minkä isä tai Mauno voimillaan.

– No missä ukko illan vietti, vaimo kysyi aamulla.

– Kunhan kävelin, metsässä ja tuolla. Se panee nyt vähän miettimään.

– Auton kanssako kävelit, vaimo sanoi.
– Kyllä minä näin ja kuulin, kun yöllä tulit autolla kotiin. Autolla lähdit ja autolla tulit. Metsä alkaa tuosta talonnurkalta.

– No kävin minä kylälläkin.

– Eikö se riitä, että Eeti on pahoinpidelty, pitääkö sinunkin vielä leikkiä jotain.

- Ei minulle mitenkään käy, hän sanoi.
- Eivät ne minua pysty yllättämään. Minun pitää vielä yksi juttu hoitaa.

Maikki jäi katsomaan hänen lähtöä. Maikki tiesi Antin suunnitelmista vain sen, että hänelle Antti ei niitä kertoisi.

5.

Talo oli vanha ja vähän ränsistynyt. Perheen isä oli kuollut aikoja aikaisemmin, eikä pojista kai ollut kunnollista remonttia aikaansaamaan. Talo kun olisi pitänyt korjata kauttaaltaan, katosta lattiaan. Siinä osaamattomalle oli jo ylivoimainen työ ja rahaakin kuluisi yhtä paljon kuin uuden rakentamiseen. Kaukaakin näki, että maali hilseili ulkoseinissä ja ikkunapokat olivat vain vaihtoa vailla. Katolla kasvoi jotain vihreää, kai sammalta. Seinälaudoitus näytti alaosasta laholta. Rikkaruohot rehottivat tontilla. Pihalla oli parikin autoa, mutta ne oli jätetty parkkiin metsänreunaan ja näkyivät vain osin ruohojen yli. Liikenteeseen niistä tuskin saisi ajopelejä.

Antti asteli pihatietä lähemmäksi taloa. Pieni rakennus oli kai sauna, sen tunsi tuoksusta. Saunan vierellä oli katos tekemässä liiterin virkaa. Kun ensi kertaa paikalla oli käynyt nuorukaisena, oli talon takana ollut puusee. Sen haju tuli mieleen, vaikka siitä aikaa oli kulunut jo monta vuotta. Silloin talon pojat olivat vielä alaikäisiä, mutta tytär teiniiässä. Heitä oli ollut kolme nuorukaista tytärtä vokottelemassa, mutta ei tyttö ollut huolinut ketään heistä, oli aika pian sen jälkeen muuttanut pois ja kuulemma avioitunutkin jonkun hänelle ventovieraan kanssa.

Itse hän oli pian sen jälkeen kohdannut Maikin ja mennyt avioliittoon. Se oli käynyt kuin itsestään. Koko naimisiin meno oli suunnilleen yhtä jännittävää kuin kaljalla käynti tutussa baarissa. Vasta myöhemmin hän tuli ajatelleeksi, että ehkä äiti oli jotenkin järjestänyt asian yhdessä Maikin vanhempien kanssa.

Baarissa istuttujen iltojen aikana Antti oli usein kuullut ne nimet, joita pukarit olivat mukiloineet. Viime päivinä hän oli palauttanut nimet mieleen ja kirjoittanut ne vihkoon sitä mukaa kun mieleen tuli. Joukossa oli vain muutamia tuttuja. Osa oli vieraspaikkakuntalaisia, joista ei ollut koskaan kuullut mitään, osasta tunsi mukiloidun sukulaisia jotenkuten, mutta ei itse uhria. Jonkinlainen hatara suunnitelma, tai paremminkin haave hänellä oli, että kasaisi noista mukiloiduista ihmisistä jonkin ryhmän ja kävisi taisteluun pukareita vastaan. Tuo suunnitelma ei kovin selkeäksi ehtinyt muodostua. Baarissa samassa yhteydessä usein oli mainittu Karavuonon veljekset tai Karavuonon kopla, vaikka heitä ei tiettävästi kukaan ollut pahoinpidellyt. Heistä oli puhuttu kuin heillä olisi jotain taitoja, joita hänellä ei ollut.

Hän katsoi vielä hetken taloa, ajatteli että se pitäisi purkaa. Hän tiesi keitä talossa asui, Kaapo ja Sakari Karavuono äitinsä kanssa. Talo oli kylällä siitä kuuluisa, että siellä vieraili paljon väkeä, varsinkin viikonloppuisin väkeä oli usein pihan täydeltä. Noista vieraista hän tiesi ainakin Masan ja Paulin ja Joukon ja Pekan, sekä Valpon ja Maurin. Nuo nimet, joiden takana olevat ihmiset hän jotenkuten tunsi, olivat osin kuin samasta puusta tehtyjä. Yhteistä heille oli ainakin se, että viinaa kului paljon ja aikaa vietettiin näkyvästi kapakoissa ja baareissa ja kioskilla. He olivat kaikki muu-taman vuoden vanhempia kuin Ranttali ja Iivana, Valpo ja Mauri vielä sitäkin vanhempia. He kai olivat olleet kyläläisten riesana ennen kuin joutuivat väistymään vahvempien, Ranttalin ja Iivanan tieltä. Mutta oli heissä erojakin nuoriin pukareihin verrattuna. Ei hän ainakaan ollut kuullut, että nuo entiset suu-ruudet olisivat pahemmin tapelleet, muuten kuin mitä nyt ehkä keskenään kahinoineet ja silloinkin lopputuloksena oli korkeintaan mus-ta silmä.

Hän koputti ovelle. Sen avasi perheen äiti ja tuntiessaan hänet, sanoi:

– Ne ovat yläkerrassa. Mene sinne.

Portaat olivat jyrkät ja natisevat. Oli hämä-rää. Hän muisti paikan vuosien takaa, mietti portaita kiivetessään mitä Kaaposta ja Sakarista oli tullut, olivatko edelleen samoja hulttioita kuin hänen nuoruudessa. Ei hän ollut kuullut näistä paljoakaan juoruja sen jälkeen, kun hän itse avioitui, paitsi nyt taas aivan viime aikoina. Ja mitähän oli tullut Violasta, tytöstä, jolle eivät oman kylän pojat kelvanneet?

Koko ajan kiivetessään äänet yläkerrassa voimistuivat ja ylhäällä äänen jo erotti ihmisten ääniksi, puheeksi.

Yläkerrassa oli laaja kylmätila, nurkissa rojua, yksi pölyn peittämä sähkölamppu valaisemassa koko suurta tilaa. Näkyi hämärästi kattoparrut, näkyi myös kaksi ovea, joista toinen johti parvekkeelle. Jo vuosia aikaisemmin, kun oli paikalla käynyt, oli hän epäillyt kestääkö parveke edes yhden ihmisen painoa. Mutta näkyi se edelleen paikallaan olevan. Toinen ovi oli kiinni. Ääniä kantautui sen takaa. Hän koputti ovelle ja kun kuuli sisällä jonkun jotain sanovan, astui sisälle.

Päät kääntyivät katsomaan häntä ja hän katsoi päitä, punaisia, hikisiä päitä, kampaamattomia hiuksia, kiiltäviä, punareunaisia silmiä.

– Antti perkele, sanoi Kaapo.

Muut eivät sanoneet mitään, katsoivat vain.

Jo samassa he kuin unohtivat hänet. Kaapo ja Valto kai kinasivat jostain, istuivat nenät vastatusten ja puhuivat kiivaasti, usein yhtä aikaa molemmat niin ettei puheesta mitään selvää saanut. Oli siksi kirkas aamu, että saattoi nähdä, miten sylkipisarat lensivät puhujan suusta toiseen suuhun.

Hän jäi nojaamaan ovenpieleen. Huoneessa, jossa kaikki olivat, oli kaksi hetekaa seinustoilla, niiden välissä pöytä, nurkassa piironki, ja vielä muutama keittiötuoli. Muuta huoneeseen ei olisi mahtunutkaan. Väliovi oli auki ja näkyi toinen pieni huone, mutta sen valtasi melkein kokonaan parivuode. Vaatteita oli hujan hajan vuoteilla ja lattioilla, oli myös lehtiä ja kirjojakin. Yhdessä nurkassa näkyi monta muovikassia ja niissä tyhjiä kaljatölkkejä ja viinapulloja.

Kaapo ja Valto puhuivat yhä kuin kilpaa toistensa kanssa ja puheissa kuulsi edellisviikon uutisia, niitä uutisia, jotka hän jo oli televisiosta nähnyt ja kuullut joittenkin politiikkojen kertomina. Muut huoneessa olijat vain miettivät omiaan, eivät kai edes kuunnelleet puhujia. Elettiin vasta aamuntunteja, mutta jo oli jokaisella kaljatölkki kädessä tai edessään pöydällä. Kovin hyvin kalja ei vielä heille tuntunut maistuvan, olivat kuin puoliksi unessa, paitsi Kaapo ja Valto. Nuo kaksi ne vain jatkoivat puhumista, aivan kuin kyseessä oli ollut joku puhumiskilpailu.

Hän tunsi porukan ennestään, oli nuorukaisena tavannut heidät kapakassa aina kun kapakassa oli käynyt. Muutaman kerran oli käynyt paikalla jatkoilla ravintolaillan päätteeksi, mutta viimeisestäkin käynnistä oli aikaa jo monta vuotta. Hän muisti nyt sen kerran, jolloin oli viimeksi paikalla käynyt. Joskus vuosia sitten äiti oli huolestunut siitä, kun Eeti ei ollut ilmestynyt kotiin koko yönä. Hän oli lähtenyt aamulla poikaa etsimään ja kylällä hänet oli neuvottu tuohon samaiseen taloon. Silloinkin oli pieni porukka ollut yläkerran huoneissa nukkumassa. Tyhjiä viina- ja kaljapulloja oli ollut pöydällä ja lattialla lukuisia. Eetin hän oli löytänyt toisesta hetekasta. Poika oli ollut vielä unessa, oli vähän säikähtänyt, kun hän oli pojan herättänyt.

"Äiti vähän kysellyt sun perään, " hän oli sanonut ja Eeti oli piristynyt saman tien ja he olivat lähteneet, kun toiset vielä nukkuivat. Kotimatkalla poika oli kertonut, että Valto hänet oli silloin mukaan pyytänyt pieneen työhön. Hän oli lämmittänyt saunan, kantanut vettä ja pilkkonut polttopuita, oli siitä saanut vaivanpalkaksi grillissä tehtyä ruokaa. Hän oli sitten jäänyt pitämään leskiäidille seuraa ja teeveetä katsellessa oli väsähtänyt, käynyt hetkeen makuulle ja nukahtanut.

Nyt koossa oli melkein sama porukka kuin viimeksikin, jonkun vuoden vanhempina, jonkun vuoden juopompina. Vaikutti ettei tuo lauma aikojen saatossa ollut ainakaan yhtään paremmaksi muuttunut. Nytkin oli mukana tuo yksi vähän vanhempi mies, Valto, mutta tällä kertaa oli ilman Mauria. Kylän baarissa hän miehen oli useasti nähnyt ja melkein aina Maurin kanssa ja humalassa.

Kun nuo kaksi puhujaa pieneksi hetkeksi vaikenivat, Masa kysyi häneltä:

– Milläs asioilla kuljet?

Hän päätti vähän valehdella.

– Kun ohi kuljin muutenkin, päätin pistäytyä. Kun se meidän Eeti... Sehän on kulkenut jo vähän omia polkujaan. Ajattelin kysästä, että missä se on kulkenut ennen kuin... Niin, sehän mukiloitiin siellä pururadalla. Ajattelin, että onko täällä milloinka käynyt viimeksi.

– Ei moneen vuoteen, kivahti Kaapo kuin äkäisenä.

Hän kuitenkin tajusi, ettei Kaapo ollut äkäinen hänelle, oli vain turha kinastelu saanut veren kiehumaan suonissa.

– Istu nyt kiireemmäksi aikaa, sanoi Valto.

– Ettei ilma pilaannu.

Hän istui hetekan reunalle. Joku työnsi hänelle kaljatölkkiä käteen, mutta siitä hän kieltäytyi.

– Tulin autolla, hän sanoi ennen kuin ennätti ajattelemaan. Hetken kävi mielessä, että kohta kai pyytäisivät kyytiä viinakauppaan, mutta he taas samassa unohtivat hänet. Kaapo ja Valto jatkoivat kinaamista, muut vajosivat ajatuksiinsa.

Kun katsoi tuota porukkaa, hän vähän pettyi. He näyttivät lyödyiltä miehiltä, ainakin sillä hetkellä aamua. Ehkä he viinan voimalla päivän mittaan piristyisivät, mutta että saisiko heistä armeijan? Sopivan ikäisiä he tosin olivat, kolmekymppisiä, paitsi Valto, joka oli ainakin kymmenen, ehkä kaksikymmentä vuotta vanhempi muita.

Hän jäi hetkeksi miettimään, mitä Valto teki tuossa porukassa. Yrittikö vanha mies elää uudelleen nuoruuttaan? Mies oli jo toistamiseen naimisissa, ensimmäisestä liitosta yksi lapsi ja toisesta kaksi. Nykyinen vaimo lapsineen eleli köyhyysrajan alapuolella, osin kai toimeentulotuen varassa. Kaljatölkkiä mies piti kahdella kädellä kiinni, ja joi siitä tasaisin välein. Mutta ei vanhaan juoppoon keskikalja vaikuttanut. Kaiken aikaa Valton katse hakeutui nurkkaan, missä oli suurehko määrä viinapulloja, mutta taisivat olla tyhjiä kaikki.

Ehkä Valto toivoi näkevänsä joukossa edes yhden täyden pullon. Muut olivat ryhdik‑ käämpiä, mutta sotilasta kukaan heistä ei muistuttanut. Voisiko heistä kasata joukon, nopean toiminnanjoukon, sellaisen mistä Anselmi oli puhunut.

Viinakaupat aukeaisivat reilun tunnin kuluttua. Hän päätti lähteä hyvissä ajoin pois, ettei joutuisi noita känniläisiä viinakauppaan kuljettamaan.

6.

Se oli selkeä suunnitelma, yksinkertainen. Hän aikoi houkutella nuo juomarit viinakassin voimalla mukaansa paikkaan, missä nuoret pukarit usein kokoontuivat iltaisin, sitten pieksisi Ranttalin tai Iivanan tai molemmat. Se oli yksinkertainen ja selkeä suunnitelma. Sitä varten hänen vain oli pitänyt sietää noita juopuneita useiden päivien ajan. Nyt hän tunsi jo hyvin tuon porukan miehet. Aika-ajoin he olivat hyvinkin pirteitä, aggressiivisia jopa. Kesken juopottelun ja rupattelun he saattoivat yhtäkkiä ryhtyä painimaan, eikä kaukana ollut sekään, etteivätkö Jouko ja Masa olisi innostuneet tappelemaan toisiaan vastaan. Ja tuo tappelu olisi syntynyt aivan syyttä suotta, kai vain siksi että näkisivät, kumpi on siinä lajissa parempi. Äänetkin tuossa porukassa nousivat välillä niin koviksi ja kiukkuisiksi, että joku vieraampi olisi pelästynyt jo siitä. Sellaisia he olivat, nuo Karavuonon koplan jäsenet, paitsi kun olivat juoneet liikaa, tai liian vähän. Juuri sopivassa humalatilassa he olivat ärhäköitä, he pystyisivät siinä tilassa kyllä tappelemaan nuoria pukareita vastaan ja ehkä jopa voittamaan heidät. Ainakin he saisivat aikaan häiriötä, niin että hän voisi hoitaa Ranttalin ja Iivanan.

Sitä varten hän oli myös muutamana iltana ja yönä vakoillut pukarilaumaa kylän liepeillä. Nuorilla pukareilla tuntui olevan aina sama ohjelma: ensin kerääntyivät hiekkakuopan yläpuolelle kapeaan metsikköön, siitä sitten myöhään illalla kulkivat mutkien kautta yöksi valtaamaansa autioon taloon. Niin tapahtui melkein aina. Tosin silloin tällöin Ranttali ja Iivana pääsivät autokyydillä jonnekin kauemmaksi ja silloin hän ei yrittänytkään heitä seurata, vietti ne illat Karavuonon koplan seurassa.

Häntä jotenkin huvitti se, että pukarilauma kulki kuin vartiomiehet. Ensin he hiekkakuopan reunalla vartioivat jotakin. Siitä toki näkikin aika pitkälle moneen suuntaan. Elleivät pukarit olisi siellä kokoontuneet, hän olisi itse voinut perustaa sinne vartiopaikan vakoillakseen heitä. Sitten kun kaupat ja kaikki liikkeet olivat jo kiinni, he kulkivat keskustan läpi välillä moneenkin kertaan ja suuntasivat aina lopuksi pururadan kautta autioon taloon. He vain kävelivät keskustan läpi, eivät he ikinä tehneet mitään, eivät yrittäneet varastaa mitään tai tehdä ilkivaltaa, he vain kävelivät ja rupattelivat keskenään, olivat aivan kuin vartiomiehiä tarkastamassa, ettei liikkeisiin ole murtauduttu.

Eivät nuoret hänen heitä vakoillessa muki-loineet ketään, eivät toisaalta kehenkään vie-raaseen edes törmänneet. Kyläläiset osasivat kai jo varoa heitä, pysyä poissa hämärän tultua. Äänistä tosin saattoi päätellä, että toisinaan autiossa talossa pukarit tappelivat keskenään.

Perjantai ilta tuntui sopivalta päivältä panna suunnitelma täytäntöön. Hänellä oli viinakassi, sen Karavuonon koplan jäsenet tiesivät, hän oli sen tehnyt heille selväksi ja hän myös tarjoaisi juomista niin kauan kuin kassissa juomia olisi ja hän olisi valmis hank-kimaan juomia lisää. Hän oletti, että he seu-raisivat häntä ja niin he tekivätkin, kulkivat hänen perässä halki koko kylän kuin lauma lampaita. Joskus joku jäi hieman jälkeen, mut-ta kun pysähdyttiin ryypylle, jälkeen jäänyt kiirehti nopeasti paikalle. Kaapo ja Valto joskus innostuivat kinaamaan jostain niin kiivaasti, että unohtivat muun maailman tykkänään, mutta rauhoittuivat nopeasti, jos viinakassi liikkui heistä kauaksi.

Niin kuljettiin kylän läpi ilta-auringon valaistessa kulkua. Hän kulki ensimmäisenä raskas viinakassi kädessä, kassissa juomia miedosta viinistä votkaan ja viskiin. Hänen perässä olivat Valto ja Kaapo, muut kulkivat omana ryhmänä. Hänen lisäksi siinä oli seitsemän suht tervettä ja riskiä miestä, ei kovin vanhoja mutta ei nuoriakaan. Se tuntui aivan riittävältä määrältä, kun ajatteli että pukarilaumassa oli vain kaksi tappelijaa, muut kai olivat sitä, miltä näyttivätkin, aivan tavallisia nuoria.

Päädyttiin jo lähelle hiekkakuoppaa. Sitä kierrettiin vastapäivään tietä pitkin, niin etteivät nuoret hiekkakuopan toiselta puolelta heitä näkisi ennen aikojaan. Vielä piti pysähtyä ryypylle. Hänen keräämä sotajoukko, se ei vielä tiennyt minne oli menossa. Luulivat ehkä, että matka suuntautuisi baariin tai taksiasemalle tai hänen asunnolle. Jos joku ihmetteli, miksei sinne kuljettu suoraan, ei kysynyt sitä ääneen.

Hän mietti, pitäisikö hänen sanoa joukolle jotain, mutta mitään ei tullut mieleen. Hän ei osannut näytellä ja hän tiesi sen, tiesi sen nyt vielä paremmin mitä ennen. Hänen olisi pitänyt yllyttää itsensä ja haalimansa joukko kiihkoon, saada ääneensä hehkua ja raivoa, olisi pitänyt huutaa ja vaahdota kuten oli televisiossa nähnyt Hitlerin vaahtoavan saksalaisille. Hänen olisi pitänyt esiintyä johtajana, päällikkönä, kenraalina. Hänen olisi pitänyt luoda taistelutahtoa joukkoon.

Mutta hän ei vain tiennyt mitä sanoisi ja tiesi, että jos hän jotain sanoisikin, hän kuitenkin puhuisi kuin olisi uutistenlukija.

Piti vain jatkaa matkaa pieneen metsikköön mistä nuorien äänet jo hyvin kuuluivat. Ja joukko seurasi häntä, mutta nyt jo vähän epäröiden.

Heti kun edessä näkyi nuorisoa, hänen porukka pysähtyi, häntä itseäänkin arvelutti kulkea lähemmäksi. Edessä oli aivan sama nuorisolauma, joka oli Eetin mukiloinut, sama lauma, jota hän oli vakoillut monena iltana. Mutta hänen johtama lauma, se oli äkisti muuttunut aivan toiseksi. Se oli jo vallan vailla taistelutahtoa. Eivät he enää edes näyttäneet miehiltä. He olivat seuranneet häntä ja viinakassia koko kylän läpi, mutta nyt he seisoivat paikoillaan. He olivat seuranneet häntä kuin lampaat, mutta miten noista lampaista tekisi susia? He näyttivät enemmän lampailta kuin koskaan aikaisemmin. Oliko hän usuttamassa lammaslaumaa susilauman kimppuun?

– Tuo on se sama lauma, joka Eetin mukiloi, hän sanoi. – Seitsemän kylkiluuta poikki ja kallossa vamma, joka ei kai ikinä kunnolla parane. Ja mitä kaikkia muita kolhuja lieneekään. On vieläkin sairaalassa.

Sanoma ei tuntunut tavoittavan ketään. He vain tuijottivat häntä, näyttivät vieläkin lammasmaisemmilta mitä hetkeä aikaisemmin. Valto jopa käänsi selkänsä, oli kuin ei nuoriso-laumaa näkisikään.

Hän yritti uudelleen:

– Ne mukiloivat myös Vertosen pojan ja Lattanaisen. Potkivat päähän ja kylkiin, kun toinen makasi maassa. Niillä ei tunnu olevan mitään rajaa. Ja monta muuta ovat mukiloi-neet.

Nuorisolauma oli edessä vain noin viiden-kymmenen metrin päässä. Välissä kasvoi kais-tale metsää, niin etteivät nuoret kai heitä vie-läkään nähneet, jos näkivätkin, eivät piitan-neet.

Hänen pitäisi nyt viedä oma lauma nuoriso-lauman luo, saada aikaan kunnon sekasorto. Hänellä oli taskussa nyrkkirauta, toisessa tas-kussa kääntöveitsi ja vielä housunkauluksen alle tungettuna pamppu. Kun hän vain saisi aikaan kunnollisen joukkotappelun, hän voisi aseillaan mukiloida molemmat pukarit niin perusteellisesti kuin vain raaskisi, eivätkä ehkä poliisitkaan myöhemmin saisi selville, että kuka ketäkin oli lyönyt ja millä.

– Eiköhän nyt ole aika panna kova kovaa vastaan, hän sanoi. – Eikö ole jo se aika, että näytetään noille pahaisille pukareille, missä se kaapin paikka onkaan.

Mutta ei hän saanut laumaansa liikkeelle. Nämä vain seisoivat paikallaan, katselivat metsikköä, missä nuorisolauma piti meteliä. Ryypyn jokainen otti, kun hän tarjosi, mutta kun hän asteli kohti nuorisolaumaa, kukaan ei enää seurannut. He vain seisoivat ja katselivat toisiaan ja metsää.

Nuorisolauma toki oli paljon suurempi kuin heidän lauma. Ehkä puntteja tasoitti hieman se, että pukarilaumassa osa väestä oli hyvin nuoria ja oli joukossa tyttöjäkin. Hänen laumassa sen sijaan oli miehiä parhaassa iässä, riskejä miehiä, sotaväen käyneitä karaistuneita miehiä. Mutta he vain seisoivat kuin lampaat laitumella. Eivätkö nuo onnettomat tajunneet, että pukarilauma vain näytti suurelta, käsitti oikeasti vain kaksi pukaria.

Hän käveli heistä viiden metrin päähän, sitten kymmenen metrin päähän, kääntyi tarjoamaan ryyppyä, mutta kenellekään ei enää viina maistunut.

Valto, tuo kaikista vanhin ja suurisuisin osoittautui heikoista lenkeistä kaikista heikommaksi. Kun viimein kunnolla näki nuoret pukarit pienen matkan päässä edessä ja tajusi miten paljon heitä oli, Valto pyrki toiseen suuntaan kuin jonkin vaiston vetämänä. Vaikutti kuin mies ei itsekään enää tiennyt mitä oli tekemässä, minne oli menossa. Kun Kaapo pysäytti hänet, Valto näytti hölmistyneeltä, virnuili syyttä suotta ja heti kun katseet vält tivät häntä, lähti jatkamaan matkaa.

Ei tästä tule mitään, Antti tajusi ykskaks. Ei tuo hänen haalima joukko ollut sotilasosasto, oli hyvin kaukana siitä, niin kaukana kuin vain olla voi. Nuorisolauma teurastaisi nuo lampaat. Tuo hänen joukkio, jos ei ollut vastuksia tiellä, se takuulla kulkisi viinakassin perässä vaikka maailman ääriin, mutta vain niin kauan kuin viinakassi oli täysi ja vain niin kauan kuin mitään esteitä ei olisi tiellä. Tyhjien pullojen perässä he eivät marssisi metriäkään, eivätkä kävisi taisteluun ketään vastaan.

Hän hylkäsi pullean viinakassin, hylkäsi seuran, palasi kotiin metsien kautta. Jo kotiin kävellessä hän tajusi, että suunnitelma ei ollut toiminut ja tuntui jopa siltä, että suunnitelma oli ollut täysin naurettava, niin hölmö ettei siitä kehtaisi kenellekään kertoa, niin hölmö että hän nolostui, kun ajattelinkin sitä. Hän tajusi taas senkin, että isä tai Mauno eivät olisi koskaan moista suunnitelmaa edes miettineet, saati että olisivat yrittäneet sitä toteuttaa.

Hän jäi taas miettimään sitä, että mitä isä olisi tehnyt hänen sijastaan, tai mitä Mauno olisi tehnyt. Kai ainakin isällä olisi ollut ystäviä ja kavereita, väkivahvoja ukkoja, metsästäjiä ja kalastajia, olisivat marssineet yhdessä pukarilauman läpi ja tallanneet pojat jalkoihinsa. Ehkä isä olisi siihen pystynyt yksinäänkin. Ehkä Maunokin olisi löytänyt samanlaisen keinon, kerännyt kaverinsa ja iskenyt takaisin. Mutta hän, hän ei osannut muuta kuin toivoa apua känniläisiltä, joista nyt myöhemmin hyvin selvästi itsekin tajusi, ettei heistä mihinkään ollut.

Hän oli epäonnistunut ja se oli pakko myöntää. Hän oli laskenut verkot vesille ja saanut saaliksi pelkästään kännikaloja. Kunpa joukossa olisikin ollut edes pari vähän jalompaa kalaa, joiden kanssa olisi voinut suunnitella ja neuvotella, taistella yhdessä. Mutta hän oli jäänyt yksin juuri silloin, kun kipeimmin apua olisi tarvinnut.

Hänen olisi kai pitänyt innostaa noita känniläisiä, yllyttää heitä tappelemaan pukareita vastaan.

Jotenkin.

Toista kertaa hän ei samaan puuhaan ryhtyisi, ei ainakaan moisten juoppojen kanssa. Jostain pitäisi saada kasaan joukko luotettavia, selväpäisiä miehiä. Mitä Anselmi olikaan sanonut? Miehiä, jotka vaikka keskellä yötä kesken uniensa lähtivät ulos ja tappelemaan.

Taas kerran hän tajusi, että ei ollut läheskään isänsä veroinen mies, ei ollut edes isoveljensä veroinen.

7.

Eeti palasi kotiin heti kun lääkärit päästivät. Hän ei ollut viihtynyt sairaalassa, siellä kun oli paljon ihmisiä. Ei hän koko sairaalasta löytänyt paikkaa, missä voisi yksin olla. Jopa sairaalan pihalla vaelsi väkeä niin paljon, ettei yksinäistä kolkkaa löytänyt. Huoneessa missä vietti yöt ja osin päivätkin, oli puolentusinaa muuta potilasta. Se toi mieleen armeijan tuvan, missä ei rauhaa saanut hetken vertaa. Oli helpotus päästä sairaalasta pois.

Olivat häntä sairaalassa käyneet katsomassa äiti ja Antti, välillä Maikkikin oli mukana lapsineen. Äiti oli sittemmin käynyt joka toinen päivä. Aivan ensimmäisenä häntä oli kuulemma käynyt katsomassa Ilja Jäärälä, mutta silloin hän oli niin lääketokkurassa, ettei siitä muistanut mitään, ei olisi edes tiennyt sitä, ellei sairaanhoitaja olisi kertonut. Ehkä hän ei Iljan ensimmäisellä käyntikerralla ollut edes tajuissaan. Eikä hän tiennyt montako kertaa Ilja oli käynyt, mutta kai kaksi ainakin. Monta vuorokautta hän oli makoillut unen ja valveen rajamailla, ei tiennyt itsekään oliko valveilla vai unessa.

Matkatessaan linja-autolla kotiin, hän mietti sitä, että menisikö suoraan kotiin vai

poikkeaisiko baariin katsomaan tuttuja, kuun-
telemaan paikallisjuoruja ja ehkä saisi tietoja
myös siitä, mitä hänelle oli tapahtunut. Äiti oli
juuri edellisenä päivänä käynyt häntä katso-
massa, kotiin ei siksi ollut kiirettä. Ei ollut
kiirettä minnekään. Koko kesän pitkälle syk-
syyn hän voisi vain olla, käydä välillä lääkärin
tarkastettavana. Sairasloma jatkuisi viikkojen,
ehkä kuukausien päähän.

Hän jäi pysäkillä katsomaan baaria, joka
joillekin oli kuin kylän sydän. Oli hän itsekin
joskus baarissa käynyt, mutta aina jonkun
porukan mukana. Nyt hän kulki baariin yksin.
Anselmi Kuurula oli paikalla, paikalla olivat
myös Lehmusvirta ja Vertonen ja Viitasmaa
sekä muutamia vähän vieraampia ihmisiä.

Anselmi kysyi:

– Haudastako tulet vai mistä?

– Sairaalasta.

– Eivät saaneet sinusta henkeä pois, ei
pukarit eikä edes sairaalanväki.

– Henki jäi, ei paljoa muuta. Seitsemän
kylkiluutakin on kappaleina.

– Menikö niillä näin kauan aikaa kylkiluita
paikatessa, ihmetteli Vertonen. – Eikös kylki-
luut parane ihan itsestään, ainakin ennen
muinoin paranivat.

– Ne nyt jotenkin paranivat jo aikoja sitten,
hän sanoi. – Toi pieni kallomurtuma, se oli kai

vähän pahempi vaiva, ei vaan niin kovin näkyvä. Eikä se kai koskaan kunnolla paranekaan.

– Pitivät sairaalassa tarkkailussa vai, sanoi Anselmi.

– Niin kai tekivät.

– Niinhän ne tahtovat tehdä. Mutta nyt olet kunnossa vai?

– Ainakin päällisin puolin. Hajuaisti on kadonnut kokonaan, mutta kuulemma se saattaa palata ihan itsestään.

– Niissä kallovammoissa, niissä kai aina on jotain ylimääräistä huolta, sanoi Anselmi. – Lihat paranee ja luutkin jotenkuten, mutta mitä kallon sisällä tapahtuu, sitä ei tiedä lääkäritkään. Sitä ei tiedä pirukaan.

– Kumma kun ei poliisi niitä pukareita kuriin saa, sanoi Vertonen. – Iät ja ajat ovat riehuneet, vähäksi aikaa kadonneet välillä, mutta jo viikonloppuna taas sama lauma liikkeellä.

– Kyllä ne pitäisi itse hoitaa, sanoi Anselmi. – Minä olen aina sanonut, että on pantava kova kovaa vastaan, ei ne muuten siitä tokene.

– Niitä vaan on aika iso lauma, sanoi Eeti.

– Paljon on meitäkin, jos sikseen tulee, sanoi Lehmusvirta. – Kun joku vaan ottaisi aloitteen ja keräisi joukon kasaan. Onhan meitä ukkoja, nuoria ja vanhoja.

– Eivätkö ne Ruohelat voi siinä auttaa, sanoi Vertonen. – Niitähän on hirmuisen iso lauma myös. Ei ehkä niin näkyvä lauma, kun autoilla ajelevat, mutta paljon niitä on. Yks päivä, kun pysähtyivät tuohon pihalle, niin ei muita autoja olisi parkkipaikalle sopinut.

– Se jengi nyt on semmoinen hienohelmojen poppoo, että tuskin niistä tosipaikan tullen on vastusta kenellekään, sanoi Anselmi. – Eivät takuulla tahdo käsiään liata. Ei, kyllä se on miesten hommia.

– Minä hoidan vaikka yksin koko jengin, jos vaan vähän apua saan.

Sen sanoi Valto Uttinen viereisestä pöydästä, mutta väki vain hymyili.

– Valto taitaa olla kännissä, sanoi Lehmusvirta. – Et niitä sitten viime viikonloppuna kuitenkaan hoidellut, vaikka kioskilla olitte samaan aikaan.

– Niin kun olin yksin. En minä yksin kaikkea voi tehdä. Mutta jos saan vaikka Viitasmaan kaveriksi, niin hoidellaan ne kaksistaan.

– Mulla on vaimo ja kaksi muksua, sanoi Viitasmaa. – Mun tarvii ajatella jälkipolvia. Menkööt joku, jolla ei ole jälkikasvua.

– Onhan mullakin kaksi lasta ja akka, sanoi Valto.

– Eikö lapsettomat ukot jouda semmoisiin leikkeihin menemään, sanoi Viitasmaa.

– No miksi juuri lapsettomat? Anselmi kysyi.

– Siksi kun niillä ei ole lapsia, sanoi Viitasmaa. – Ei niiden tarvis ajatella kuin itseään. Ei niillä ole niin väliä.

– Miksi sitten mennä tappelemaan, jos ei niin väliä kerran ole?

– No siksi kun... Minun pitää ajatella jälkipolvia.

– Eikö siinä ole syytä mennä tappelemaan, jälkipolvien puolesta.

– Ei, kun mun tarvii elättää ne ja kouluttaa. Mun täytyy ajatella niitä, jälkipolvia. Ajattelisit sinäkin niitä.

– Mun ei tarvis ajatella niitä. Se mitä ei ole, sitä ei kannata ajatella. Ei ainakaan enää tässä iässä.

– Eikö se ole poliisin asia hoitaa semmoiset tappelijat, sanoi viereistä pöytää pyyhkivä tarjoilija.

– Poliisit nyt mitään piittaa mistään, sanoi Vertonen. – Ne vaan istuvan tienposkessa vahtimassa liikennettä.

Eeti muisti poliisin, joka oli tullut sairaalaan häntä kuulustelemaan heti kun hän kunnolla heräsi. Tai kaksihan heitä oli ollut, mutta toinen oli pysynyt aivan ääneti kaiken aikaa, katsellut seiniä tai omia kengänkärkiä. Poliisi oli nimeltään Pauselo, liekö ollut oikein rikosetsivä, ei hän muistanut enää, lääketokkurassa kun oli ollut. Mies oli aluksi ollut ystävällinen, mutta kun hän ei paljoa mitään osannut kertoa, oli poliisi muuttunut milteipä tylyksi, oli tivannut häneltä nimiä ja sitä, mitä todella oli tapahtunut. Kyllä hän Ranttalin ja Iivanan jotenkuten tiesikin, mutta ei tiennyt edes näiden oikeita nimiä. Eikä hän tiennyt sitäkään, kuka heistä oli häntä lyönyt ja kuka potkinut. Ensimmäinen isku oli tullut selän takaa, eikä hän sen jälkeen tiennyt mistään mitään. Viimeisessä selkeässä muistikuvassa Ranttali ja ehkä myös Iivana olivat seisseet hänen edessä. Olisiko toinen heistä voinut kiertää hänen taakseen hänen sitä tajuamatta. Hän kun oli silloin jo miettinyt vaihtoehtoja, miten kiertää heidät. Hän muisti, että oli katsellut metsään, etsinyt sieltä polkua. Oliko hän silloin kääntänyt selän pukareille? Ei hän muistanut. Ei hän ollut juuri silloin pukareita pannut merkille. Ehkä joku kolmas oli lyönyt ensimmäisen iskun? Mitä sen jälkeen oli tapahtunut, siitä tiesivät vain Ranttali ja Iivana ja heidän perässä kulkevat nuoret.

"Kai sä nyt jotain sentään tiedät", oli Pauselo tivannut kiukkuisena, mutta hän oli vain pudistanut päätään.

Poliisit olivat lähteneet sairaalasta äkäisinä. Hän oli jäänyt miettimään ja muistelemaan, mutta ei hän sen enempää muistanut vaikka miten yritti.

– Kova kovaa vastaan, sanoi Anselmi Kuurula. – Minähän kai olen jo kertonut, mitenkä siellä Suolammella asiat hoidettiin.

– Olet kertonut ja monta kertaa, sanoi Viitasmaa.

Kun Eeti teki lähtöä pois, Anselmi sanoi:

– Äiteetäkö menet katsomaan.

– Pitää kai sille käydä kertomassa, että olen elossa. Vaikka kävihän se minua sairaalassa katsomassa.

– Tule sitten lauantaina syntymäpäiville. Minä täytän kuusikymmentä. Juhlitaan samalla sinun kotiin paluuta. Tulee Liisakin sinne minua vähän auttelemaan, sen tarjoilupuolen kanssa.

8.

Hän olisi halunnut tietää, mitä hänen poika mietti, mutta ei tämä koskaan ollut semmoisia asioita hänelle kertonut, nyt kai vielä vähemmän mitä ennen. Hiljainen Eeti oli aina ollut, hiljainen ja unohdettu, ei ollut koskaan pitänyt mitään ääntä itsestään ja siksipä ei kukaan ollut häntä huomioinut, eivät veljet eikä isä, eikä aina hänkään. Poika oli vain kulkenut muiden perässä, ensin kotona hänen perässä, vähän myöhemmin naapurin samanikäisten poikien perässä, sitten koulussa muiden oppilaiden perässä ja oli kai muutamaan kylän poikaan vähän paremmin tutustunut, kulkenut näiden perässä vapaa-aikoina. Ei Eeti ollut koulussa hyvin pärjännyt, mutta kun oli tunnollinen, oli sentään selvinnyt koulusta luokalle jäämättä. Ei kai Eetiltä kukaan sen enempää odottanutkaan, ei edes Eeti itse eikä hän. Eeti kun oli vain Eeti.

Välillä hän olikin ihmetellyt sitä, että huomasivatko opettajat lainkaan, että Eeti koulua kävikään. Vanhempien veljesten kesken oli pieniä tapahtumia aina riittänyt, niin että niitä joutui opettajien tai kyläläisten kanssa puimaan. Milloin oli tappeluita ollut, milloin oli jalka- tai pesäpallo jonkun ikkunan rikkonut.

Oli ollut myös jokunen pieni tappelu, jokunen luvaton koulusta poissaolo. Muutama pieni selkkaus joka vuosi molempien poikien kohdalla, mutta kaikki aivan pieniä juttuja, jotka oli sovittu opettajien tai muiden vanhempien kesken.

Eeti sen sijaan oli koulusta selvinnyt ilman mitään puimista. Todistuksessa käytös oli aina kymmenen, huolellisuus ja tarkkaavaisuus 8 tai 9 ja keskiarvo kuuden tai seitsemän hujakoilla.

Pääsi Eeti lopulta koulusta pois ja toi kotiin päästötodistuksen nähtäväksi. Ihan kelvollinen todistus se olikin, ei hyvä mutta ei huonokaan. Todistus taisi olla sellainen kuin Eeti itsekin, kuin kaikki se mihin Eeti ryhtyi, ei hyvä mutta ei huonokaan. Sellainen kai Eeti oli, ei hyvä mutta ei huonokaan. Eeti itse taisi päästötodistuksestaan olla ylpeä, tai oli ainakin helpottunut, kun koulu loppui.

Oliko sitä tapausta mitenkään juhlittu? Ei hän nyt saanut juuri sitä kevätpäivää mieleensä, vaikka miten yritti. Jaa, mutta sehän taisikin tapahtua juuri silloin, kun Mauno otti yhteen isänsä kanssa verissä päin ja katosi sitten heidän elämästä kai niin pitkälle kuin vain pääsi, katosi Kanadaan asti. Siinä hänellä kai oli ollut miettimistä enemmän kuin Eetin päästötodistuksessa. Eeti oli vain päässyt unohtumaan, kuten niin usein ennenkin.

Koulun loputtua Eeti oli jonkin työpaikankin saanut ja kulkenut kai sielläkin muiden perässä. Varastomieheksi Eeti oli päätynyt ja työpaikka sijaitsi lähellä. Kai tuo sama Eetin menetelmä toimi työpaikassakin, Eeti hoiti vain omat työt, ei piitannut muusta, oli tunnollinen, oli huolellinen. Illat poika yleensä vain makoili, viikonloppuisin touhusi jotain vaan pientä lähimetsissä tai kylällä. Ei kukaan tainnut tarkalleen tietää, mitä touhusi, kertoi itse, että kävi metsässä marjassa tai sienessä, mutta mitään saalista ei kotiin asti mukana tuonut. Kylällä taisi käydä vain kaupassa tai kioskilla, osti sen, mitä milloinkin tarvitsi, lähti saman tien pois. Baariin Eeti kulki joskus Antin tuttavien mukana. Ei Eetillä tainnut olla ikäisiään tuttavia, jos oli, ei hänelle heistä kertonut mitään.

Piha oli kirjavanaan vaahteranlehdistä. Lähistöllä suuri vaahtera teki kuolemaa, pudotti lehtiä keskellä kesää ja tuuli kuljetti lehdet hänen pihalle. Hän oli edellisenä päivänä niitä haravoinut kasaan, mutta paljon niitä oli vielä jäljellä, isoja lehtiä, jotka kostealla kelillä olivat liukkaita.

Eeti oli illalla ilmestynyt kotiin, ei ollut kenellekään tulostaan mitään ilmoittanut.

Illalla poika oli vain vähän syönyt, valittanut väsymystä, käynyt aikaisin nukkumaan.

"Ne lääkkeet", Eeti oli sanonut, "ne kai tekevät olon niin tokkuraiseksi".

Aamulla hän ei ollut raaskinut poikaa herättää, oli keitellyt kahvit ja melkein pannullisen juonutkin, kun viimein kurkkasi Eetin huoneeseen. Eeti näytti nukkuvan, mutta jostain hän arvasi, että poika teeskenteli nukkuvaa. Niin tämä oli monesti tehnyt lapsenakin, milloin tahtoi olla yksin.

Hän oli mennyt haravoimaan lehtiä, siitä kun oli hyvä tarkkailla tienoota. Asunnon ikkunoista näki vain metsää tai peltoa. Pihalta hän näkisi senkin, jos Eeti keksisi lähteä jonnekin, näkisi myös sen, jos Antti ajelisi autollaan jossain lähistöllä. Tätäkään kun ei ollut näkynyt pitkään aikaan. Toisin ajoin Antti kävi kylässä päivittäin, nyt ei ollut käynyt viikkoon tai pariin. Maikki sentään lapsien kanssa silloin tällöin kävi, mutta ei Maikkikaan osannut kertoa mitä kumman kiireitä Antilla oli.

Sillä hetkellä ei liikkeellä tuntunut olevan ketään, ei ketään tuttua. Töissä kulkevat olivat jo menneet, palaisivat vasta illansuussa. Maisema oli vetinen ja harmaa, mutta pilvet jo rakoilivat ja aurinko pilkisteli pilvien raoista.

Asunto sijaitsi kartanon mailla ja ympärillä olevat kartanon pellot oli vuokrattu mansikanviljelijälle. Kesällä paikalla oli kymmeniä mansikanpoimijoita, asuivat yöt keltaisissa parakeissa. Monet heistä lähtivät puuhiinsa jo kukonlaulun aikaan ja viipyivät pelloilla ja metsissä myöhäiseen iltaan. Edes viikonloppu ei tuntunut heidän tahtia jarruttavan. Toisinaan lähistöllä oli marja-aikaan alituinen vilske. Antti kutsui marjanpoimijoita ryssiksi, vaikka mansikkapellon tilanhoitaja oli sanonut, että ovat Ukrainasta. Pitäisikö hänen Antille maantietoa opettaa?

Nyt marjanpoimijat kai olivat kaikki pelloilla töissään ja sekin osa tienoota oli autio.

Hän tunsi olevansa maailmassa aivan ypöyksin. Ketään ei ollut missään. Samalta hänestä oli tuntunut aviomiehen kuoleman jälkeen, mutta se oli mennyt nopeasti ohi, kun oli hautajaisia ja kaikkea muuta mietittävää. Nyt ympärillä näkyi lohduton, märkä maisema. Samalta se oli näyttänyt siitä lukien, kun kuuli uutisen, että Eeti oli mukiloitu sairaalakuntoon. Samalta maisema näytti yhä edelleen, vaikka aurinko silloin tällöin pilkisti esille.

Hän oli viime aikoina usein tuntenut itsensä kovin pieneksi ja voimattomaksi. Ei ollut ketään kehen turvautua, vaikka kylä oli täynnä tuttuja ihmisiä. Myös vanhuus ja kuolema tulivat usein mieleen. Hänhän ei eläisi ikikuisesti.

Ja tuulenpuuska toi lisää lehtiä pihalle. Sekin tuntui kertovan hänelle kuolemasta, mutta lähiaikoina ketään tuttua ei ollut kuollut.

Nyt näkyi sentään vähän liikettä. Omalla pihallaan kulki Santtu Kruuppa sinne ja tänne. Mies oli edellisenä kesänä hankkinut jostain uuden veneen ja oli vanhan veneen nostanut järvestä ylös, raahannut pihalle ja täyttänyt vedellä. Sinne mies laittoi järvestä pyydystämänsä kalat. Oli Santtu hänellekin esitellyt kalojaan, kun hän oli ohi kulkenut. Veneessä oli uinut useita haukia, ei kai Santtu pienempiä kaloja veneessä säilyttänytkään, ellei sitten haukien makupaloiksi. Santtu oli kehunut, että saa siitä tuoretta kalaa joka päivä, silloinkin kun kalaonni on huono tai kun ei juopottelun kiireiltä järvelle ennätä lainkaan. Santtu kai myi kaloja tuttavilleen, oli hänellekin tarjonnut tilaisuutta ostaa halpaa ja tuoretta kalaa, mutta ei hän ollut innostunut. Ei niin että hän olisi epäillyt kalojen tuoreutta, hän jätti ostamatta siksi, kun ei oikein pitänyt juopottelevasta Santusta itsestään.

Nytkin Santtu hääri veneen ympärillä, laski kai letkusta tuoretta vettä kaloilleen.

Tuulenpuuska repi lehtiä kasasta, sirotteli niitä jo haravoidulle paikalle. Hän päätti hakea kottikärryt, kerätä lehdet sitä mukaan kärryihin ja kuljettaa metsään. Kun tuli vajasta kottikärryjen kanssa takaisin, oli Santtu häntä vastassa. Mies oli kai nähnyt hänet, aivan kuten hän oli nähnyt Santun. Hänen oli myöhäistä paeta, vaikka mieli teki.

– Huomenta, Santtu sanoi. – Arvaatkos mitä ne jotkut ryökäleet ovat tehneet? Ovat minun veneen rikkoneet. Ovat kirveellä hakanneet kylkeen reiän.

Hän kääntyi katsomaan Santun pihaa ja venettä, mutta Santtu sanoi:

– Ei sitä venettä ole rikottu. Minulle on toinen vene Kaljajärvessä. Se on rikottu viikonlopun aikana, sinä aikana, kun olin Rautalaisilla talkoissa. Menihän mulla siellä kyllä kolmekin päivää. Sinä aikana joku ryökäle rikkoi veneen.

9.

Kun hän oli joskus baarissa kertonut syntymäpäivistään, oli hän tehnyt sen ensin aivan leikillään. Hän oli vain sanonut, että silloin pitää oikein riemujuhlan. Ei hän silloin ollut uskonut, että paikalle tulisi ketään. Eihän hän ollut seudulta kotoisin, ei ollut sukulaisia lähimaillakaan, jos heitä ylimalkaan oli ollenkaan. Ei hänellä ollut omaa perhettä, ei mitään kiintositeitä edes naapureihin. Omastakin mielestä hän oli vain kuin puusta irronnut lehti tuulessa, oli vain sattunut tipahtamaan tänne. Juuret, sikäli kuin niitä olikaan, olivat poikki. Siskoja tai veljiä hänellä ei ollut. Ei hän ollut aivan varma siitä, oliko hänellä serkkuja tai muita kaukaisempia sukulaisia, mutta jos olikin, ei muistanut, että olisi koskaan näitä tavannut. Hänen isä ja äiti olivat eläneet keskenään vähän kuin eristyk-sissä kaikista muista, olivat sitten kuolleetkin peräjälkeen parin viikon välein, isä ensin. Sen jälkeen hän oli ollut vain kuiva lehti tuulessa.

Kuitenkin kun syntymäpäivä koitti, ensimmäinen tuttava tunki kylään jo aamulla varhain, kun hän vasta joi aamukahvia. Hän kutsui Santun sisälle, tarjosi kahvia.

– Sekö sitten Anselmi täyttää vuosia, kysyi
Santtu. – Paljonko niitä onkaan kertynyt?

– Kuusikymmentä vasta.

– On siinä pari enemmän mitä minulla on,
sanoi Santtu.

– Niin, niitä juhlia, ajattelin että vasta päi-
vemmällä vähän juhlittaisiin. Mutta sama kai
se, vaikka jo alettaisiin.

Kun oli arvaavinaan mitä Santtu oli paitsi,
hän kaatoi tämän kahvikuppiin kerman sijasta
votkaa.

– En minä nyt niin siksikään, sanoi Santtu
selvästi mielissään. – Sitä minun piti kysyä,
että sinä kun siellä baarissa usein käyt, niin et
ole sattunut kuulemaan, että kuka piru minun
veneen on rikkonut. Veneessä on reikä, suuri
reikä, on kai kirveellä hakattu veneenkylkeen.

– No jopas. Mikä piru siihen reiän on tehnyt?
Missä järvessä sellaista tapahtuu?

– Kaljajärvessä vene oli. Ei siitä enää kalua
taida saada. Mutta miksi ja kuka sen veneen
rikkoi, se pitäisi selvittää.

– Eivät kai halua, että kalastelet näillä
vesillä. Saavat itse sitten enemmän kalaa.

Vaikka Santtu koetti hymyillä, näki että
miestä isosti harmitti.

– Eihän se mikään arvokas vene ollut, eipä
silti. Mutta että kirveellä hakkaavat rikki toi-
sen omaisuutta. Se on niin törkeää, että tekisi

mieli poliisille siitä ilmoittaa. En minä kyllä ymmärrä, että mihin kaikkeen sitä ihminen kateuksissaan pystyykään. Hakkaavatko seuraavaksi minua kirveillään. Enkä ymmärrä sitäkään, että mitä siinä on pahaa, jos kalastaa järvestä liiat kalat pois. Nehän ne järvien hoitajat, ne vetävät verkoilla sieltä kasoittain kaloja joka vuosi, kaiken sorttisia kaloja. Nostavat niitä rannalle semmoisen kasan, että siitä voisi vaikka kottikärryillä viedä kotiin. Minä en niitä kaloja syö, syön vain sen, minkä itse pyydystän. Ja kalastan vaan sen verran mitä itse syön. Tai syöhän niitä joskus muijakin ja muksut, milloin kotona käyvät.

Hän oli Santun rikotusta veneestä kuullut jo muutama päivä aikaisemmin, mutta ei ollut asiaan kiinnittänyt huomiota, oli jopa jo unohtanut koko asian. Nyt hän sen muisti, mutta mitäpä se hänelle kuului. Hän kuitenkin kysyi:

– Oletko jo epäilyksen alaisia kuulustellut?

– En, en ole. Minä olen kyllä melkein varma, että se on se Jauhiainen, joka minun veneeni rikkoi.

– Mitäs se Jauhiainen muka semmoista tekisi?

– En tiedä kuka muukaan se voisi olla. Siellä se Jauhiainen aina laiturilla väijyi, kun siitä ohi verkoille soutelin. Tuijotti vaan, ei puhunut mitään, mutta katseli niin tarkkaan mihin verkot laskin ja taatusti laski senkin, että miten monta kalaa kulloinkin sain.

– Oletko nyt siitä ihan varma, että se oli Jauhiainen, joka sinun veneen rikkoi. En minä sitä miestä tunne mitenkään, mutta...

– En tunne minäkään, enkä halua tunteakaan. Sellainen mies, joka rikkoo toisen veneen, ei se ole minkään arvoinen. Paha sitä on kyllä syyttää, kun ei varmasti tiedä. Ja kun ei voi todistaa. Syyttävät vielä kunnian loukkauksesta.

Puhuessaan Santtu silmäili tarkkaan huonetta, huomasi.

– Sinulla on oikein haulikkokin.

– Onhan minulla, vaikka en nyt enää vuosiin ole sitä käyttänyt. Olen kai vanhemmiten tullut sen verran hentomieliseksi, etten raaski eläimiä ampua, en vaikka rusakot ja metsäkanat tulevat ihan ikkunan alle joskus. Siinä se on haulikko roikkunut jo ainakin kymmenen vuotta ihan tarpeettomana.

– Minkä kokoisilla hauleilla tapasit...

– Kolmen millin hauleilla, metsäkanalintuja siellä Suolammella, rusakoita täällä. On minulla panoksiakin vielä jäljellä, mutta en taida enää tarvita niitä.

Santtu jäi tuijottamaan haulikkoa, kertoi ettei itse ole ikinä metsästänyt.

– Ne on tappamista varten tehty, nuo pyssyt, sanoi Santtu.

– Autoilla tapetaan ihmisiä ja eläimiä enemmän kuin pyssyillä, hän sanoi.

Hän koetti olla katsomatta Santtua. Ei hän ollut koskaan oikein pitänyt koko miehestä. Ehkä se johtui siitä, kun Santtu tuntui olevan aina pienessä kännissä. Tai ehkä se johtui Santun ulkomuodosta, turpeista huulista, joissa usein näkyi jäänteitä kuolasta, kiiltävistä siansilmistä, harvoista hiuksista, jotka tuntuivat aina olevan hien päänahkaan liimaamia. Muutoin Santtu kai oli kuin kuka tahansa mies, ei paha jos ei hyväkään. Töissäkin mies oli nuorempana suht säntillisesti käynyt, tehnyt aina mitä käskettiin. Kuitenkin kun oli ennen aikojaan päässyt eläkkeelle, oli mies ollut aivan riemuissaan, sen iloisempaa miestä hän ei koskaan ollut nähnyt.

– Mitä töitä nykyisin teet, hän kysyi, vaikka tiesi, ettei Santtu tehnyt mitään.

– Eläkkeellä minä jo olen, sairaseläkkeellä selän takia. Eikä niitä töitä muutenkaan viime aikoina juuri ollut. Silloin kun 50 täytin, sen jälkeen ei edes työvoimatoimisto enää kutsuja lähetellyt, niistä työpaikoista. Joskus ennenhän niitä tuli kyllästymiseen asti, viikoittain jos nyt ei ihan päivittäin, tai ainakin kuukausittain tuli niitä jotain lappuja. Silloinhan sitä piti yhtenään siellä työvoimatoimistossakin käydä, ja kun kävi siellä, sai aina kerralla semmoisen sentin paksuisen nipun työpaikoista, joihin piti ainakin soittaa. Mutta paremmin minä nykyisin pärjään, kuin mitä töissä ollessani. Vähän kovemmalle ehkä joudun ja tiukemmalle rahan puolesta, mutta pärjään minä näin. Käyn kalassa ja kerään metsästä kaikki sienet ja marjat mitä löydän, pottupeltoa kuokin omaan maahan. Mutta nyt menee kyllä kaikki pieleen. Vene on rikottu. Miten sieltä mitään kaloja järvestä saa, jos ei venettä ole. Rannalta voi ongella jotain sinttejä saada. Tai, onhan minulla kyllä katiska järvessä tai parikin. Mutta ne piti ilman venettä laskea niin lähelle rantaa, ettei niistä mitään isoja kaloja saa. Ja nyt tuli vielä ne mansikanpoimijat sinne pelloille, mistä sitten tulivatkaan, Venäjältä vai Ukrainasta vai mistä. Viime vuonna ne kävivät iltaisin poimimassa lähimetsistä kaikki mustikat. Nyt sitä väkeä on siellä vielä enemmän kuin viime vuonna. Nyt takuulla vievät kaikki mustikatkin näistä metsistä ja varmaan myös puolukat. Ja eiköhän niille sienetkin kelpaa. Kun se venekin rikottiin, niin minulle ei jää enää mitään.

– Paitsi eläke.

– No eläke nyt jää. Mutta senhän minä olen itse työllä ansainnut.

– Ja veneellinen kaloja.

– Veneellinen? Eihän siinä ole kuin muu-
tama laiha hauki pahojen päivien varalle.

Santun lähdettyä vieraita tuli lisää, tuttuja ja
puolituttuja ihmisiä kylältä ja varsinkin baarin
kantaporukkaa. Krapulaisia miehiä ja oli
joukossa muutama nainenkin. Lapsia ei
monikaan tuonut mukana. Hän oli saanut Liisa
Jaastarin auttamaan kahvitarjoilussa, mutta
paljoa työtä Liisalla ei ollut. Kahvia monet
joivat, mutta kakku ei tehnyt kauppaansa.
Sillivoileipiä toki kului.

Niin paljon vieraita tuli jo päivällä, että hän
tajusi jo varhain, etteivät hänen varaamat
Alkon juomat riitä alkuunkaan. Kun Liisa
valitti sillin ja leivän vähyyttä, hän pyysi Anttia
kuljettamaan itsensä lähimpään viina- ja
ruokakauppaan.

– Että juomat loppu ennen kuin juhlat edes
alkaneet, Antti sanoi.

– En kyllä arvannut, että näin paljon väkeä
tulee ja että näin janoista väkeä. Joillekin se
viina näköjään maistuu heti aamusta. Kruupan
Santtu, se tuli jo seitsemältä aamulla syn-
tymäpäiviäni viettämään.

– No se oli innokas.

– Oli sillä kyllä jotain asiantapaistakin. Joku on rikkonut sen veneen. En kyllä tajua, miksi siitä minulle tuli valittamaan.

– Ehkä tekevät sinusta päällikköä, sanoi Antti. – Päällikköä taisteluun pukarilaumaa ja muita pikkurikollisia vastaan. Eikös sinulla ollut niitä kokemuksia sellaisista leikeistä. Sieltä Suolammelta vai mistä se oli?

– No siellähän minä kyllä olin ja siellä kyllä taisteltiinkin. Mutta porukallahan se hoidettiin. En minä nyt yksin mitään...

– Mutta niin ne jotkut meinaavat, että jonkun pitäisi ruveta täällä päälliköksi kodinturvajoukkoihin. Ja se joku voisit olla vaikka sinä.

– Mutta enhän minä, enhän...

– Kyllä sinä minustakin olisit ihan paras mies siihen hommaan, vakuutti Antti. – Perustetaan oikea iskuryhmä, ja piestään ne pukarit. Pannaan kova kovaa vastaan, niin kuin itsekin sanoit.

Anselmi ei ollut aivan varma siitä, että pilailiko Antti vai puhuiko tosissaan. Totiselta mies ainakin vaikutti.

Ajomatkan aikana Anselmi yritti muistaa, mitä Suolammella oikeasti oli tapahtunut. Sama ongelma heillä oli ollut, kuin mitä kylällä oli nytkin. Joku pukarilauma oli terrorisoinut kylää. Tuntui että siinäkin laumassa oli vain jokunen pukari, jotka olivat valmiita tappelemaan minkä tahansa asian vuoksi. Pukareiden kannoilla liikkui väkeä, joka teki kaiken muun pahan, varastelivat, milloin jostain jotain varastettavaa löysivät, rikkoivat paikkoja, pelottivat naisia ja lapsia ja vanhuksia.

Hän oli sielläkin viettänyt kylän baarissa miltei kaiken vapaa-aikansa, oli hyvin perillä tapahtumista, vaikka oli sielläkin kuin vähän ulkopuolinen. Hän oli yhtenä iltana huomannut viereisessä pöydässä seurueen, joka oli jotain suunnitellut hyvinkin tarkasti. Miehet olivat istuneet otsat miltei kiinni toisissaan, puhuneet hiljaisilla äänillä. Hän oli nähnyt, kun miehet baarin sulkeuduttua olivat yhdessä lähteneet jonnekin, oli ihan huvin vuoksi seurannut heitä, kun oma kotimatka johti suunnilleen samaan suuntaan. Hän oli seurannut miehiä kilometrin tai parikin, mutta kun miehet pysähtyivät kylän laitamailla pusikon taakse, hän oli jatkanut matkaa kotiin. Kun oli aamulla kuullut, että juuri siellä oli joku nuori pukari mukiloitu, hän oli arvannut, millä asioilla miehet liikkuivat. Hän oli sen jälkeen samaisia isäntiä tutkinut tarkemmin ja tajunnut, että aina milloin pukarit jonkun pieksivät, kokoontui tuo pieni ryhmä juonimaan jotain ja kohta joku pukari oli taas piesty. Oli hän myöhemmin tutustunutkin noihin isäntiin ja oli muuan Keronen hänelle asioista kertonutkin.

Mutta ei hän Suolammella mitään ollut itse tehnyt, katsellut vain, miten isännät itse ottivat ohjat käsiin ja pieksivät pukareita. Oliko hän nyt sitten puheissaan antanut tapahtumista aivan väärän kuvan, sellaisen että olisi muka itse perustanut turvajoukot ja nitistänyt pukarit. Niin oli tapahtunut hänelle silloin tällöin ennenkin, varsinkin silloin milloin oli juonut vähän enemmän olutta. Totuus muuttui suussa valheeksi ilman että hän itse sitä edes huomasi.

Tosiasiassa Suolammella hän oli vain katsellut ja kuunnellut, ei itse ollut osallistunut kahakoihin. Pukareita hän ei ollut tuntenut lainkaan. Ei hän itse asiassa ollut asioiden eteen tehnyt mitään, ei yhtään mitään, oli vain salassa seurannut tapahtumia.

Miksi nyt sitten tekivät hänestä päällikköä?

Senkin hän oli tieten tahtoen jättänyt kylällä kertomatta, että Suolammella asuessaan hän oli elättänyt itsensä pontikkaa keittämällä ja viinaa myymällä. Siksi hän oli niin hyvin päässyt muistakin hämäristä asioista perille, kun virkavallan takia oli aina ollut valppaana, ja liikkunutkin lähialueella enemmän hämärissä kuin päivän valossa. Mutta eivät Suolammen isännät, tai eivät ainakaan emännät, olisi häntä kodinturvajoukkoihin edes kelpuut-taneet. Eivät vaikka hänen asiakaskunnan olivatkin muodostaneet nuo niin tunnolliset ja kiltit perheenisät.

Miksi nyt tekivät hänestä päällikköä? Pitäi-sikö hänen kertoa totuus noista ajoista, jolloin Suolammella asui?

Hän havahtui vasta kun Antti ajoi auton vii-nakaupan eteen. Hän antoi Antille rahaa ja sanoi:

– En tiedä miten se asia nykyään on, mutta ennen muinoin Alkosta ei kerralla kovin paljoa viinaa saanut. Mutta hae sinä noita kirkkaita viinoja minkä saat. Minä kannan kassan läpi ne muut juomat, viinit ja kaljat. Haen samalla vähän leipää ja silliä.

Paluumatkalla hän oli muutaman kerran aikeissa kertoa Antille, mitä oli Suolammella touhunnut, mutta ei hän saanut kerrotuksi. Jos kertoisi, pian asian tietäisi koko kylä ja hän joutuisi perumaan puheitaan, joutuisi kai selittämään asian oikean laidan jokaiselle kyläläiselle erikseen.

Pian jo tultiin kotikylään. Tutut maisemat vilahtivat ympärillä, tutut turvalliset tiet. Auto kääntyi pikkutielle. Kylän keskusta jäi jo samassa taakse. Näkyi metsää ja myös pururataa pieni pätkä. Juuri siellä Eeti Jaastari oli mukiloitu.

Tie oli kapea ja mutkainen, auton vauhti hiljainen. Pienen matkaa pururata kulki aivan lähellä maantietä, niin että paristakin paikkaa olisi autolla voinut ajaa pururadalle.

Samassa auto teki äkkinäisen liikkeen, niin äkkinäisen että hän olisi pudonnut penkiltä, ellei turvavyö olisi pitänyt häntä paikallaan. Samassa hän näki pururadan ja siellä olevan nuorisojoukon. Mutta silloin auto jo taas kulki tasaisesti.

Antti näytti oudon kireältä, mutta rentoutui pian, kun pururata ja nuorisojoukko jäivät taakse.

Kotona vieraat olivat lisääntyneet. Sen nähdessään hän muisti mitä Antti oli matkan alussa sanonut, että tekevät hänestä päällikköä. Se ehkä selittäisi vieraiden suuren määrän. Se selittäisi myös Santun käynnin. Ehkä juoru oli jo ylentänyt hänet päälliköksi ja siitä oli jo Santulle kerrottu ja tuo onneton kuvitteli, että hän selvittäisi rikotun veneen arvoituksen.

Ehkä hänelle itselle päällikkyydestä kerrottiin viimeiseksi.

Vieraat piristyivät, kun näkivät pulleat viinakassit. Sauna oli laitettava lämpiämään. Sen lupasi Eeti hoitaa. Liisa oli tyytyväinen, kun sai silliä ja leipää, ihmetteli kun kakku ja pulla eivät kelvanneet.

Koko Jaastareiden suku näytti olevan paikalla, Anselmi huomasi. Maikki oli lasten kanssa keittiössä. Antti vain käväisi vaimonsa luona, tuli hänen seuraksi olohuoneeseen.

– Sinulla haulikko näyttää vielä olevan, Antti sanoi.

– On se tallella, mutta en enää vuosiin ole sitä tarvinnut. Isäs kanssa muuten käytiin yhdessä joskus metsällä, ihan muutaman kerran vaan.

Antti otti aseen seinältä, painoi tukin olkaa vasten, tähtäsi ikkunasta ulos. Ase tuntui sopivan hyvin käteen, paremmin kuin mitä hän muistikaan. Hänen oma aseiden käsittely oli jäänyt vähälle. Oli hän nuorena kulkenut isän kanssa metsällä ja oli kantanut pienoiskivääriä mukana, ampunutkin sillä joskus metsäkanalintuja, mutta vain ani harvoin osunut. Isä kun oli lopettanut metsästämisen, hän oli käynyt yksinään, mutta ei enää ollut yrittänytkään eläimiä ampua, aseettomia eläimiä. Yksin kulkiessa oli liikaa aikaa ajatella sitä, miten luoti repii eläimen sisäkaluja ja minkälaista tuskaa saalis kokee ennen kuolemaansa.

– Armeijassa ammuin rynnäkkökiväärillä, hän sanoi. – En hyvin mutta en huonostikaan. Se tuntui jotenkin oudolta, se rynnäkkökivääri.

– Ei ne rynnäkkökiväärit ole oikeita aseita edes, sanoi Anselmi. – Ei, kyllä pyssyn tukin pitää olla puuta. Olen minä rynnäkkökivääriä kädessä pitänyt, mutta en minäkään siitä pitänyt. Semmoinen metallinen vekotin se oli, kuin kuollut. En minä saanut tuntumaa semmoiseen. Kyllä siinä pitää olla puuta, kädessä sekä poskea vasten. Minä ammuin armeijassa pystykorvalla. Siinä sitä on kunnon ase. Mutta varmaan se rynnäkkökivääri sodassa on parempi. Sarjatulta jos ampuu. Mutta oli minun aikana kyllä konepistooleja, sarjatulta varten. Niissä oli puuta. Mutta isäs kanssa muutaman kerran metsällä kävin. Siinä se oli metsämies, jos kuka, se Jaakko.

– Kyllä siitä isä joskus kertoikin. Oman aseensahan se sitten myi, kun sillä joskus vähän huonommin meni. En minäkään sen jälkeen ole liiemmälti metsällä käynyt, tai olen käynyt metsässä mutta en ole elämiä ampunut. En ole viitsinyt, kun pitäisi niitä kaiken maailman lupiakin anoa ensin.

– Isälläsihän se oli oikein lupakin asetta pitää ja eläimiä ampua. Minulla ei koskaan sellaisia lupia ole ollut, mutta kun kuljin jonkun muun mukana metsällä, ei minulta mitään lupia koskaan kysyttykään. Joskus kuitenkin linnun tai pari ammuinkin ja rusakoita.

Muut vieraat olivat pihalla ja hän onnistui ohjaamaan Antin muiden joukkoon, palasi itse kohta sisälle. Jokin häiritsi ajatuksia, häiritsi pahasti. Kaksi ihmistä saman päivän aikana oli kiinnostunut hänen haulikosta. Mitä mietteitä noissa kahdessa päässä mahtoi liikkua. Santun vene oli rikottu ja mies syytti siitä jotain Jauhiaista. Vaikka Santtu päällisin puolin oli pullea ja kiltin oloinen, niin mistä tiesi mitä toinen mietti tai suunnitteli. Aikoiko mies kostaa Jauhiaiselle sen, että tämä oli hänen veneen rikkonut?

Antin kiinnostuksen aseeseen hän paremmin ymmärsi, Antti kun oli isänsä kanssa kulkenut metsästämässä. Mutta jotain muutakin kyli mielessä, oli kytenyt jo pienen aikaa, mutta vasta Antin kiinnostus haulikosta herätti hänet. Kun oli palattu viinakaupasta ja ohitettu pururadalla oleva nuorisolauma, oli Antti tehnyt oudon, ylimääräisen ohjausliikkeen. Oliko Antin mielessä herännyt ajatus ajaa veljensä mukiloineiden nuorten yli autolla?

Se oli tullut hänen mieleen vasta kun näki Antin ase kädessä tähtäämässä jonnekin.

Hän otti haulikon seinältä, vei sen komeroon.

– Mitä setä tekee, kysyi lapsi.

Se oli Maikin lapsi, Maikki ja Liisa olivat keittiössä ja näkyi siellä Eetikin. Hän yritti muistaa lapsen nimeä, mutta ei saanut sitä mieleensä. Hän sanoi:

– Minä vaan siirsin sen pois, pois silmistä, pois mielestä.

– Miksi?

– Se näytti niin rumalta. Niin, mikäs se sinun nimi taas olikaan.

– Josuli.

– No sehän se on oikein nimien nimi. Mutta menehän nyt äidin tykö. Minun pitää vähän miettiä.

– Mitä sedän pitää miettiä?

– Aikuisten asioita.

Ei hän sitten miettimään ennättänyt. Vieraita tuli ja meni, piti puristella käsiä, halatakin joitain ihmisiä, ottaa vastaan onnen toivotuksia. Vasta illansuussa hän itse pääsi saunomaan. Silloin useimmat vieraat olivat jo poistuneet, ne joita jäljellä oli, istuivat saunassa ja pesuhuoneessa ja saunassa edustalla.

Hän meni löylyyn.

– Minä olen ajatellut, sanoi Antti heti kun hänet näki. – Olen ajatellut sitä aika paljonkin. Sitä että pitäisi perustaa kodinturvajoukot. Semmoinen ryhmä, mikä sinulla siellä Suolammella oli.

– Eihän se mikään minun ryhmä...

– Älä keskeytä, vaan kuuntele. Perustetaan sellainen samanlainen ryhmä ja piestään nuoret pukarit niin perusteellisesti, etteivät siitä enää ikinä nouse.

– On meissä miestä sen verran, että muutama kakara kuriin saadaan, vakuutti Jussi Vertonen.

– Minun mielestä juuri sinä olisit pätevin mies vetämään sitä joukkoa, Antti sanoi. – Ja monen muun mielestä myös. Kerätään semmoinen porukka, joka menee vaikka sotaan jos niin vaaditaan. Semmoinen iskuryhmä, missä on mukana miehistä kovimmat. Raaka ei tarvis olla, mutta kova. Niin kova että pystyy pieksemään ihmisen, vaikka nuorenkin ihmisen.

Antti oli juonut liikaa viinaa, sen huomasi kaikesta. Ei ehkä määrällisesti kovin paljoa, mutta jotkut vain kestivät viinaa enemmän, jotkut vähemmän. Antti kai kuului jälkimmäiseen ryhmään. Mies nuokkui välillä, mutta sammalsi samaa asiaa taas, kun vähänkin piristyi. Ja milloin Antti nuokkui, niin Jussi Vertonen tarttui aiheeseen.

– Aseita meidän ei kannata mukana kantaa, sanoi Jussi. – Ei ainakaan mitään halkoa pahempaa. Jos poliisi meidät pysäyttää, niin halot voi helposti piilottaa metsään, mutta tuliaseita tai puukkoja ei.

Paikalla olivat myös Lehmusvirta ja Viitasmäki ja hekin kannattivat kodinturvajoukkojen perustamista. He kaikki tuntuivat olevan sitä mieltä, että hän sopisi päälliköksi kodinturvajoukkoihin.

Hän kävi kiireesti pesulla, jäi sitten pihalle kuivattelemaan. Hänestäkö tulisi nyt jokin päällikkö. Ei se pahaltakaan tuntunut, mutta oli hän myös vähän pettynyt. Tuli mieleen, että ehkä nuo kaikki ihmiset tulivatkin hänen syntymäpäiville siksi, kun uskoivat että hän pystyisi perustamaan jonkun porukan, joka toisi kylälle järjestyksen.

Antti seurasi häntä ulos, sillä erolla että Antti ei pesulle vaivautunut lainkaan, kiskoi vaatteet ylle saman tien. Ja kun pääsi vierelle istumaan, Antti aloitti saman asian uudelleen, ehdotti häntä päälliköksi.

– Kypsytellään asiaa, hän sanoi. – En minä nyt tältä istumalta ryhdy miksikään päälliköksi, mutta kypsytellään asiaa.

Silloin Antti jo taas nuokkui. Eikä hän kunnossa ollut enää itsekään. Takana oli pitkä päivä. Vanhemmiten hänelle usein oli käynyt niin, että sen sijaan että viinasta tulisi känniin, siitä tulikin vain mieleen oma, pehmeä vuode. Sinne hänen mieli nytkin halasi. Mutta vielä ennätti Jussi Vertonen vierelle kertomaan kodinturvajoukoista. Silloin se vain harmitti. Pitäisikö hänen muka yksin tehdä kaikki sellainen työ, mistä ei saa palkkaa eikä mitään muutakaan, paitsi että selkäänsä siinä voisi saada ja aika pahastikin. Pitäisikö hänen, jolla ei ole lapsia eikä mitään puolustettavaa, ryhtyä taisteluun samaan aikaan kun kaikki nuo, joilla on enemmän menetettävää istuvat sohvalla katsomassa televisiota.

Liisa tuli Eetin kanssa aikaisin aamulla auttamaan juhlajälkien siivouksessa. Jo ennen kuin pääsi työn alkuun, Liisa kysyi:
— Minne sinä veikkonen olet aseesi hukannut?
— Aseen, minkä aseen?
— Eikö tuossa seinällä eilen ollut haulikko?
— Minä piilotin sen tuonne komeroon, kun niin paljon väkeä tuli. Ja kun niitä viinaksiakin juotiin. Viina ja aseet, ne eivät oikein hyvin sovi yhteen.
Kovin paljoa siivoamista ei ollut, vieraat kun olivat ison osan aikaa istuneet pihalla. Vain saunassa oli vähän sotkuisempaa, joku kai oli oksentanut pesuhuoneeseen. Eeti ryhtyi siivoamaan saunaa.
Hän ryhtyi itse keräämään tyhjiä pulloja kasseihin.
Eeti lähti, kun sai työnsä tehtyä. Liisa jäi kahville. Hän kyseli kuulumiset.
— Niin se menee kuin ennenkin, vastasi Liisa.

– Entäs Eeti, miten Eeti sen sairaalareissun jälkeen on pärjännyt.

– En minä oikein tiedä, miten pärjäilee. Ei se puhu enää senkään vertaa mitä ennen. Kai se siellä järvellä kaiken aikansa viettää. Sinne se kai menee nytkin. Sanoo että menee ongelle, mutta ei sillä koskaan mitään kaloja ole. En minä kyllä tiedä, mitä se poika ajattelee. Minun tietääkseni se vaan istuu järvellä päivät päästään. Tai kuulemma istuu, en minä ole sinne asti viitsinyt kävellä vanhoilla jaloillani. En minä oikein tiedä, että suunnitteleeko se jotain. Kerran se sanoi, että se jotenkin rauhoittaa, se järvenrannalla istuminen. Sitä Anttia minä olen enemmän ihmetellyt. Se kun ajelee autolla vähän päästä ohi, mutta ei muka ennätä äitiään katsomaan. En ymmärrä sitäkään, että mitä se touhuaa, minne se ajelee. Ja niin myöhään illalla ajelee kylälle. Eihän siellä illalla ole mikään paikka auki edes, paitsi se kapakka. Mutta ei se kuulemma siellä käy. Eikä Maikkikaan kerro mitään, ei kai tiedäkään mitään. Tai sen se tiesi kertoa, että nyt Antti on taas muutaman illan sentään viettänyt kotona vaimon ja lasten kanssa. Liekö nyt sitten rauhoittunut.

Hän muisti Antin ja matkan viinakauppaan, varsinkin paluumatkan. Hän sanoi:

– Sanon nyt suoraan, vaikka asia ei minulle mitenkään kuulu. Enkä ole varma onko siinä nyt mitään perää edes. Se voi olla ihan minun kuvittelua vaan. Sanon nyt silti. Silloin kun Antin kyydissä kävin viinakaupassa ja takaisin tultiin sitä pikkutietä, siinä kohti missä pururata menee tien vieressä. Silloin siellä pururadalla oli väkeä, niitä kai ihan samoja nuoria, jotka Eetin mukiloivat. Miten minusta silloin ihan tuntui siltä, että Antti meinasi ajaa niitten nuorten päälle. Siltä se vaan tuntui, en tiedä mitä se oikeasti aikoi. Vai nukahtiko se vaan sekunniksi rattiin. Mutta juuri kun nähtiin ne pukarit, niin auto nytkähti sinne päin.

– En minä usko, että oikeasti aikoi päälle ajaa, sanoi Liisa. – Ehkä meinasi pelotella vähän. Ei meidän pojat... Mutta jotain ne kai suunnittelevat, molemmat pojat suunnittelevat, mutta eivät minulle kerro. Kertoi Maikki sentään sen, että sinusta jonkin joukkion päällikköä tekevät.

– Oli kai siitä eilen jotain puhetta, hän myönsi. – Mutta en nyt tiedä. Olivat silloin jo kaikki niin juhlatuulella, että ota siitä sitten selvää.

– Kyllä sinä minusta sopisit hyvin päälliköksi, Liisa sanoi. – Tuommoinen vakaa ja rauhallinen mies. Ei niistä nuorista niin ole

sellaisiin hommiin. Etkös sinä siellä Suolam-
mella melkein yksin taltuttanut ison lauman
samanlaisia heittiöitä? Kyllä tämä kylä tarvit-
sisi kunnon päällikön sellaisia vastaan.
— No päällikkö ja päällikkö, sanoi Anselmi.

Liisan mentyä hän mietti uudelleen kodintur-
vajoukkoa ja päälliköksi ryhtymistä. Se ei tun-
tunut enää ollenkaan hyvältä ajatukselta.
Yllätysetua tuskin enää olisi, kun koko kylä kai
jo tiesi kodinturvajoukosta paljon ennen kuin
sitä oli perustettukaan. Suolammella ollut
joukko, sikäli kuin nyt oikein muisti tai
tiesikään, oli toiminut kuin salaa, salaa polii-
seilta, salaa vähän kaikilta. Tuskin kaikkien
vaimot edes tiesivät, missä miehet silloin öitään
viettivät. Sellainen ei kai nyt onnistuisi, kun
niin monet asiasta olivat tietoisia.
Hän mietti myös sitä, että jos hän, juureton,
tuulen mukana kulkeva lehti ryhtyisi kodin-
turvajoukkojen päälliköksi, niin miten kaikki
juurelliset isännät siihen suhtautuisivat.
Pahimmassa tapauksessa perustaisivat toisen
kodinturvajoukon ja lopulta nuo kaksi joukkoa
taistelisivat keskenään. Se ei kai edistäisi
kenenkään asiaa.
Hän ajatteli, että pitäisi kai selvittää ensin
itselle, haluaako päälliköksi vai ei. Kai se kui-
tenkin olisi vakavasti otettava virka, kun Lii-

sakin kerran jo asiasta tiesi. Ehkä he aivan oikeasti aikoivat tehdä hänestä päällikköä.

Sitä pitäisi miettiä sitten, kun juhlat olisi juhlittu, alkoholi haihtunut päistä. Juomia oli vielä jäljellä ja hän näki ikkunasta, että ainakin Santtu Kruuppa oli tulossa krapularyypylle.

10.

Hän oli aina pelännyt jotain, eikä aina itsekään tiennyt mitä pelkäsi. Niin se vain oli. Hän ei niinkään pelännyt mitään olemassa olevaa, vaan jotain mitä ei nähnyt tai kuullut. Vaikka vakuutti itselleen, ettei mitään pelättävää ole, pelkäsi silti. Usein miten hän pelkäsi tulevaa, huomista koulupäivää, huomista työpäivää, huomista jotakin. Se oli jotain pelottavampaa kuin riehuva poikajoukko, tai äkäinen sonni. Ei sitä voinut paeta.

Tuon pelon ihmiset sitten tulkitsivat miten kulloinkin. Lapsena ja nuorena se oli joillekin ollut vain kuin vitsi, ja he yrittivät järjestää tilaisuuksia missä hän pelästyisi niin että näkisivät hänen pelkäävän. Milloin siinä onnistuivat, virnuilivat viikon verran onnellisina. Mutta se oli ollut lähinnä nuorten huvia. Vanhemmat ihmiset usein tulkitsivat pelon niin, että uskoivat hänen tehneen jotain pahaa ja pelkäävän kiinni jäämistä. He sanoivat joskus ihan suoraan, että hän salasi jotain.

"Ja niinhän minä salasinkin", Eeti myönsi itselleen. "Salasin sen, että pelkäsin jotain ihan syyttä suotta."

Kaikesta eniten hän pelkäsi ihmisiä, mutta ei tullut ilman ihmisiä toimeen, ei halunnutkaan tulla. Ei hän erakoksi aikonut ruveta. Joku oli hänelle sanonut, ei hän ollut varma oliko se ollut Maikki vai joku koulun opettajista. Ainakaan se ei ollut isä tai äiti, he eivät sellaisia asioita puhuneet. Yhtä kaikki, tuo joku oli sanonut, että ujon pitäisi vain rohkeasti lähestyä muita ihmisiä, mennä seuraan mukaan vaikka pelottikin.

Lapsena ja vielä nuorena hän oli pelännyt myös järveä, nähnyt öisin painajaisia, että hukkuisi tai että vajoaisi hitaasti mutaan. Enää hän ei sitä pelännyt, kulki järvellä aina kun ennätti.

Nyt hänelle oli mukana vähän eväitä ja kiikari ja onki, ongessa siima ja koukku ja paino ja koho. Muuta hän ei tarvinnut. Asunnon lähellä oli kaksi järveä, mutta kun Santtu tuntui jo aikoja aikaisemmin vallanneen lähempänä sijaitsevan, hän oli mennyt aina Huopajärveen. Reitti sinne kulki kartanon maiden läpi, yhdestä kohtaa polku meni aivan kartanon päärakennuksen vierestä. Vuokraviljelijä piti pellot hyvässä kunnossa, mutta kartanon rakennukset lahosivat vähitellen. Varsinkin ulkorakennukset pääsivät rapistumaan. Muinoin puronvarteen rakennettu paja oli välillä jo täysin lahonnut, sitä ei kukaan satunnainen ohikulkija olisi kuvitellut enää kunnostettavan. Silti se oli nököttänyt paikallaan vuodesta toiseen kuin jotain ihmettä odottaen ja ihme myös tapahtui ja paja ykskaks kunnostettiin. Mitään virkaa sillä vain ei ollut.

Sillä kohtaa vanhat vaahterat reunustivat tietä molemmin puolin purolle asti. Toisella puolella tietä oli rakennus, jota äiti kutsui suo-lavarastoksi. Sen lähellä oli pullatupa, molemmat rakennukset rapistuneita ja käyttöä vailla. Kaikki muutkin rakennukset vain seisoivat paikallaan loppua odottaen.

Kuulemma joku Wahlberg oli kartanon jos-kus omistanut ja pitänyt siitä hyvää huolta, testamentannut sitten kunnalle. Kuului olleen joku iso herra. Mutta ne kartanon loiston päivät sijoittuivat aikaan, jolloin hän ei ollut vielä edes syntynyt, eivät kai hänen vanhempansakaan. Hänen tuttavat eivät tienneet kartanosta muuta kuin sen, että samaa tahtia kuin mitä rakennukset rapistuivat, kartano myös ikään kuin pieneni, kun kunta lohkoi kartanon maista tontteja ja myi ne.

Aivan viime vuosina kunta oli palkannut jonkun miehen hoitamaan kartanon piha-alueita, leikkaamaan nurmikoita ja haravoi-maan syksyisin lehtiä. Oli hän miehen muutaman kerran nähnytkin, ei vain ollut kiinnittänyt tähän aiemmin huomiota. Nyt mies näkyi istuvan kopissa, joka kai oli nykyi-sin taukotupa. Ennen muinoin paikalla oli ollut sauna ja mankelihuone. Reitti järvelle kulki aivan siitä vierestä.

Hän näki pellon toisella puolella Santun lähestyvän polkua pitkin häntä vastaan. Hahmossa ei voinut erehtyä. Tukeva ruumis, eteen työntyvä pää ja askeleet kuin mies hiipisi polkua pitkin. Pieni harmi kävi mielessä. Aikoiko Santtu nyt vallata myös Huopajärven itselleen. Minne hän sitten kalaan menisi? Järviä tosin lähistöllä oli muitakin, mutta Huopajärvi sopi hänelle parhaiten.

Hän arvasi, että jos Santtuun törmäisi, tämä pysäyttäisi hänet ja kertoisi rikotusta veneestään. Sen jutun hän oli jo kuullut Santulta itseltään, eikä halunnut kuulla enää uudelleen. Viimeksi Santun tavatessa mies oli vaikuttanut hyvinkin katkeralta, harmitellut sitäkin, kun ketään ei tuntunut kiinnostavan hänen rikottu vene.

Hänestä Santulla ei paljoa ollut syytä katkeroitua. Enemmän kai hänellä katkeruuteen syytä olisi, olihan hänet mukiloitu sairaalakuntoon. Mutta siihen asiaan Santtu ei kertaakaan ollut kiinnittänyt huomiota, oli vain harmitellut rikottua venettään ja sitä kun ihmiset eivät piittaa.

Oudoksutti koko Santtu, oudoksutti ja ärsytti. Jaakkoa Santtu oli aina kuunnellut imelä hymy kasvoilla, kuten oli kuunnellut myös Maunoa, Anttiakin toisinaan, mutta ei äitiä tai häntä. Kun hän oli joskus vahingossa sanonut Santulle jotain, Santtu oli hokenut: "Mitä, mitä, mitä?" Sitä sitten toisteli, sanoipa hän mitä tahansa.

Ei hän käsittänyt mikä miestä silloin vaivasi, oliko huonokuuloinen vai esittikö jotain, ehkä idioottia. Mitä tuo juoppo sillä yritti kertoa. Oliko taustalla jokin sanoma, jonka tahtoi tavallaan kertoa. Mutta vaikka Santulla jokin sanoma olisikin, kuka mitään piittaisi moisen juopon sanomasta?

Taukotuvan ovi oli auki. Hän päätti poiketa työmiehen luo, istua siellä, kunnes Santtu oli kulkenut ohi. Työmies istui jalat pöydällä, mutta laski ne heti lattialle, kun hän kurkisti sisään.

– Jaa, että taukopaikka, hän sanoi.

– Ruokatunti, vastasi mies. – Eli kahvitaukohan se vasta on.

Huoneessa oli vain pöytä ja muutama tuoli, jääkaappi ja jääkaapin päällä mikrouuni, pienehkö lämpöpatteri lattialla ikkunan alla. Seinät ja katto olivat paneelia, lattia betonia ja siitä maali oli kulunut siitä kohtaa, missä tuolinjalat sitä kuluttivat.

Ei hän keksinyt mitä miehelle sanoisi. Ei tämä tylyltä näyttänyt, mutta ei ystävälliseltäkään, katsoi kuin odottaisi hänen kertovan jotain tärkeää asiaa.

– Kalaan olen menossa, hän sanoi.

– Jaa, sanoi mies.

– Tästä ohi kuljin... Ei hän tiennyt mitä sanoa. Kadutti jo, että oli paikalle poikennut.

Mies kuitenkin hymyili, osoitti sormella tuolia ja sanoi:

– Istu nyt kiireemmäksi aikaa.

Hän istui tuoliin mistä näki hyvin ulos avoimesta ovesta, mutta mihin Santtu ei ohi kulkiessaan näkisi, ellei katsoisi taakseen.

– Mitä sä oikeastaan teet täällä? hän kysyi.

– Oottelen eläkkeelle pääsyä, vastasi mies.

– Kauan saat vielä odotella.

– Minulla on aikaa ootella.

Hän kurkisti avoimesta ovesta ulos, mutta Santtu oli vielä kaukana. Mieleen tuli näky jostain vuosien takaa. Hän oli silloin kulkenut järven vierestä, jäänyt katsomaan, kun Santtu nosti kalaverkkoa. Yhtäkkiä mies oli keskeyt-tänyt työn, iskenyt airolla vettä kuin olisi täy-sin seonnut. Kun hän oli tarkemmin katsonut, niin oli hän nähnyt vedessä lokinpoikasia uimassa ja mies oli yrittänyt tappaa niitä. Lokinpoikaset kuitenkin sukelsivat pinnan alle ja uivat sitten kaislikkoon turvaan. Vain yksi lokinpoikanen oli jäänyt vähän muista poikasista jälkeen. Ehkä se oli sairas tai ehkä

Santtu oli siihen airolla osunut, niin ettei se pysynyt muiden perässä, kun ne kiirehtivät veneen edestä pois. Santtu oli soutanut tuon yhden lokinpoikasen perään ja tahallaan soutanut sen yli, ja sen jälkeen oli vielä hakannut airolla kituvan linnun kuoliaaksi.

Hän oli vain katsonut rannalta, ei ollut oikein edes käsittänyt mitä tapahtui. Muut poikaset kai pääsivät pakoon. Ainakaan yhtään enempää raatoja tai verta ei Santun rauhoituttua vedessä näkynyt. Rannalle päästyään Santtu oli syyttänyt linnunpoikasia:

"Ne on kalarosvoja. Ne vie kaikki kalat järvestä. Ne on kalarosvoja, kaikki lokkilinnut on kalarosvoja."

Santun vihanpurkaus oli yhtä käsittämätön kuin nuorisojengin päällekarkaus. Ei siinä ollut mitään järkeä. Oudolta kuulosti myös se, että Santtu yritti uskotella hänelle, että muutaman gramman painoinen linnunpoikanen ahmisi järvestä kaikki kalat pois.

Hän jäi nyt miettimään sitä, että mikä sai rauhallisen miehen hiiltymään niin mitättömän asian takia? Järven linnut, niin sorsalinnut kuin lokitkin, niin aikuiset kuin poikasetkin, nehän saalistivat vain pieniä kaloja, joita Santtu itsekin joskus kutsui roskakaloiksi. Ja eikö juuri noita samaisia sinttejä harva se vuosi pyydystetty nuottaamalla rannalle kasapäin, joista isoin osa kai joutui roskiin.

Käsittämättömältä tuntui Santun raivo lokinpoikasia kohtaan. Ehkä joku luonnon ja eläinten ystävä jo senkin perusteella voisi Santun veneen rikkoa.

Mutta tuo oli tapahtunut vuosia aikaisemmin. Ei hän tiennyt tappoiko Santtu edelleen linnunpoikasia.

– Keittäisin kahvit, mies sanoi, – mutta ei ole keitintä, eikä ole kahvia ja vesikin pitäisi hakea tuolta toisesta talosta.

– Minä kotona kahvit jo join, hän vastasi.

Mies vajosi ajatuksiinsa, hän omiinsa. Hän oli kuullut, että mies olisi jokin kirjailijan tapainen. Ei hänellä ollut aavistustakaan mitä mies oli kirjoittanut. Ei hän ollut kirjoja lukenut sitten kouluvuosien ja silloinkin vain sen mitä koulunkäynti velvoitti. Viisikon seikkailuista hän jotain vielä muisti ja muisti myös Tirlittanin.

Hän vilkaisi miestä tarkemmin. Ei tämä kummoiselta näyttänyt, eikä vaatetuskaan ollut hääppöinen, mutta eipä kai kirjailijan ole tarviskaan ulkomuodolla koreilla. Ehkä miehelle riitti se, että osasi kirjoittaa.

– Joku on rikkonut tuon Santun veneen, hän sanoi.

Mies näytti hölmistyneeltä, sanoi:

– Vai on rikkonut veneen, vai niin.

Hän tajusi samassa, ettei mies kai piitannut mitään siitä mitä lähiseudulla tapahtui, hoiti vain työnsä, ei piitannut Santusta tai hänestä mitään, työpäivän jälkeen mies lähtisi kotiin ja unohtaisi kaiken.

Hän odotti, että kuulisi Santun askeleiden menevän ohi, mutta Santtu kun kulki miltei kuin hiipimällä, tämä livahti avoimen oven ohi ennen kuin hän ehti vetäytyä varjoon. Siitä huolimatta hän hätkähti nähdessään Santun ja työmies vilkaisi häntä uteliaana. Santtu kulki ohi sivuilleen katsomatta.

Santun mentyä hän jatkoi matkaa järvelle. Työmies ei tuntunut edes huomaavan hänen lähtöä. Hän löysi samalle paikalle, missä oli onkinut jo useana päivänä. Tyhjä muovikassi oli paikalla sitä varten, että sen saattoi asettaa ahterin alle, niin ettei housunperus kastu. Sitten vain onki veteen, selkä vasten puunrunkoa ja silmät puoliksi kiinni.

Järveä hän ei enää pelännyt. Se päinvastoin tuntui rauhoittavalta, olisi voinut vaikka hankkia veneen ja soudella keskelle järveä kalaan. Se tuntui oudolta. Oliko hän parantunut jostain silloin kun nuorisolauma hänet oli mukiloinut, vai oliko parantunut jo aikaisemmin, ei vain ollut itse sitä huomannut?

Mitä kaikkea hän olikaan ajatellut ennen kuin nuorisolauma hänet mukiloi sairaalakuntoon, mitä kaikkea oli pelännyt? Vai oliko hän ajatellut mitään? Ei ainakaan mieleen tullut mitään. Mutta pelännyt hän oli, siitä hän oli varma. Hän oli pelännyt aina jotain, vaikka ei aina tiennyt mitä oli pelännyt. Ainakin hän oli pelännyt ihmisiä ja järveä.

Nykyisin hän ajatteli pelkoa, mutta ei pelännyt, ei ainakaan järveä. Hän tajusi samassa, että ei ollut pelännyt sitäkään ukkoa, joka kartanon maita hoiti, oli vain mennyt sisälle, kun oli nähnyt Santun astelevan vastaan.

Mutta ehkä pelko oli tavallaan tarttuva tauti. Äitikin pelkäsi jotain, mutta äiti kai oli alkanut pelkäämään enemmän vasta sen jälkeen, kun hänet oli mukiloitu. Tai ehkä hän ei sitäkään aikaisemmin ollut ajatellut. Ei äiti ainakaan hänen kuullen ollut ennen peloistaan puhunut, nykyisin puhui. Viimeksi äiti oli venäläisiä tai ukrainalaisia marjanpoimijoita katsellessa kertonut hänelle epäilevänsä, että Venäjä aikoo vallata koko Suomen ja että nuo muutamat marjanpoimijat ovatkin vain etujoukkoja. "Tekevät täällä kaiken raskaan työn, niin etteivät suomalaiset kohta osaa tai viitsi tehdä mitään. Sitten niitä samoja poimijoita tarvitaan läpi vuoden pitämään tehtaat käynnissä. Samaan aikaan toiset venäläiset ostavat asunnot ja kiinteistöt, varsinkin itärajalta. Mitä se muuta voi tarkoittaa, kuin että valtaavat maan pala palalta. Juuri yksi rouva kehui kaupalla, että oli yksiön myynyt jollekin venäläiselle ja tämä oli maksanut käteisellä. Kun kaupat oli lyöty lukkoon, oli ostaja jo samassa kysynyt, että olisiko toista asuntoa myynnissä."

Niin äiti oli kertonut marjanpoimijoita katsellessa. Mutta tuo pelko saattoi olla lähtöisin Ukrainan tapahtumista, joita teeveen uutiset olivat välillä toistaneet kyllästymiseen asti. Ehkä äiti näki kaikki venäläiset villeinä partisaaneina, joilta saattoi odottaa mitä tahansa.

Nykyisin äiti kai pelkäsi myös niitä nuoria, jotka hänet olivat mukiloineet. Mutta kun ei tuntenut noita nuoria edes ulkonäöltä, pelkäsi kaikkia nuoria.

Kuitenkin sairaalasta päästyään hän oli jostain huomaavinaan, että nykyisin äiti pelkäsi enemmän hänen puolesta kuin aikaisemmin, ei ehkä niinkään omasta puolestaan, ei myöskään Antin tai tämän perheen puolesta. Häntä äiti nykyisin yhtenään varoitti menemästä kylälle, varsinkaan kapakan liepeille. Varoitteli menemästä veneellä järvelle, varoitti kulkemasta yksin metsässä. Äiti tuntui uskovan, että hän oli vaarassa, ja yritti puheilla tartuttaa pelon häneenkin.

Mutta häneen pelko ei tarttunut, hän kun oli pelännyt koko ikänsä muutenkin.

Paitsi ettei pelännyt enää, ei ainakaan niin paljoa mitä ennen. Ei ainakaan järveä.

Jotain risahti selän takana. Antti oli hänen huomaamatta hiipinyt selän taakse, katseli järvelle, kysyi:

– No syökö kala?

– Ei kummemmin, hän vastasi.

– Voisi syödä paremmin, jos laittaisit madon koukkuun.

Hän vasta tajusi, että aallot olivat ajaneet siiman aivan rantaan kiinni, niin että koho, ja paino ja koukku näkyivät matalassa vedessä.

– Jaa, on joku kala napannut madon, hän sanoi.

Hän ei tehnyt elettäkään laittaakseen koukkuun matoa, kun hänellä ei matoja mukana ollut.

– Mitä sä kiikarilla teet? Antti kysyi.

– Katselen sinne tänne.

– Katselet kaloja kiikarilla ja yrität onkia niitä pelkällä koukulla.

Antin ilmeestä hän näki, että veli taisi uskoa hänen seonneen. Mutta Antti ei sanonut mitään, katseli järvelle, kääntyi sitten ja lähti mitään puhumatta pois. Hänestä tuntui hetken siltä, kuin olisi jäänyt kiinni jostain.

Pitäisikö kuitenkin kaivaa kasvimaalta muutama mato, laittaa mato koukkuun, vaikka ei kaloja järvestä halunnut rannalle nostaa. Mutta toisaalta, ilkeältä tuntui kiemurtelevaa matoa työntää koukkuun. Oli hän kyllä lapsena onkinut pullanmuruilla, kastellut murun ja muokannut sen toukan näköiseksi. Mutta pullanmuruunkin saattoi tarttua kala. Olisiko parempi muotoilla muovailuvahasta kastemadon näköinen liero, onkia sillä. Vai huomaisivatko kalat siinä mitään eroa. Oliko niillä hajuaistia edes? Tarttuivathan kalat uistimiinkin, jotka olivat metallia tai muovia.

Ehkä olisi parempi, jos jättäisi ongesta koukun kokonaan pois, sitoisi siiman päähän jonkin vaan kastematoa muistuttavan muovin tai kumisuikaleen.

Hän muisti taas Santun ja sen, miten mies oli tappanut lokinpoikasen. Hän oli silloin jo päättänyt säästää järven kaikki kalat lokeille.

11.

Eeti näki sijaltaan hyvin järvelle ja sen vastarannalle. Siellä oli paljon peltoja ja niittyjä, paikoin sakeasti vesakkoa, vain muutamia isompia puita. Peltojen takana metsää oli enemmän. Taloja oli harvakseen siellä täällä, vasta kauempana sijaitsevassa metsässä niitä oli vähän tiuhemmin. Hän näki siitä myös sen metsikön, jonka sisällä sijaitsi talo, missä Ranttali asui, tai ainakin Ranttalin vanhemmat ja osa jo aikuisista lapsista.

Jokin asia häiritsi häntä, oli häirinnyt jo muutaman päivän ajan. Vastarannalla, tosin näkymättömissä metsän takana, asui myös Ilja Jäärälä. Ilja oli nainen, joka hänet oli pururadalta pelastanut, oli hälyttänyt ambulanssin ja oli sairaalaankin tullut häntä katsomaan. Mutta sen hän oli kuullut vasta myöhemmin. Ilja oli käynyt sairaalassa ensimmäisen kerran jo silloin, kun hän ei vielä ollut kunnolla tajuissaan. Toisella kertaa hän toki oli tajuissaan, mutta niin lääketokkurassa vielä, että hän ei edes tunnistanut naista, ihmetteli vain, että kuka nainen häntä katselee. Ei hän ollut piitannut naisesta, oli vain sulkenut silmänsä ja nähnyt unia.

Vasta myöhemmin hänelle kerrottiin, mitä oli tapahtunut sen jälkeen, kun hän jäi makaamaan pururadalle.

Ilja oli hänet löytänyt, luullut ensin häntä kuolleeksi, oli kohta nähnyt rinnan kohoavan ja soittanut heti ambulanssin ja poliisin. Ilja oli jäänyt hänen vierelle odottamaan. Nuorisoa ei silloin enää paikalla näkynyt, ei ketään muutakaan. Oli ollut vain alkukesän ilta, pimenevä ja kylmenevä ilta. Ilja oli puhelimella ohjannut ambulanssi paikalle. Ilja oli saattanut hänet sairaalaan asti, oli sieltä palattuaan ilmoittanut hänen äidille, minkälaisista vammoista oli kyse. Oli myöhemmin kai myös soittanut Antille. Oli senkin jälkeen vielä kahdesti kulkenut linja-autolla sairaalaan häntä katsomaan. Oli siis käynyt kolmesti sairaalassa ennen kuin hänen äiti tai Antti sinne ennättivät. Myöhemmin Ilja ei enää käynyt, eikä hän ollut saanut tilaisuutta kiittää. Ilja Jäärälä oli hänelle ventovieras ihminen. Monikaan ihminen ei ventovieraan takia niin paljoa vaivaa näkisi.

Ehkä hänen olisi syytä käydä kiitoskäynnillä. Joskus sairaalasta päästyään hän oli ajatellut, että näkisi Iljan sattumalta jossain, voisi sitten lähestyä naista. Tuntui vaikealta mennä jonkun kotiin, kun ei tätä edes tuntenut. Mitä hän naiselle sanoisi, miten käyttäytyisi? Pitäisikö viedä kukkia tai jotain?

Hän päätti viedä ensin ongen kotiin, ehkä vähän syödäkin, jos äidillä ruokaa valmiina olisi.

Kun kertoi äidille aikeistaan, tämä sanoi:

– Tee veikkonen niin. En minä sitä Iljaa tunne, mutta ilmeisesti on ihan kunnollinen ihminen. Ei sitä kaikki ihmiset ventovieraiden takia tee mitään. Milloinka meinasit lähteä?

– Vaikka nyt heti.

– Syö nyt ainakin ensin. Ja vaihda pyhävaatteet ylle. Eihän sitä nyt tuommoisissa kamppeissa kyläilemään mennä.

Syödessään hän koetti saada äidiltä selville, mitä tämä tiesi Iljasta. Se ei ollut kovin paljon.

– Kuulin että se Iljan mies kuoli johonkin sellaiseen tautiin, syöpään tai muuhun sellaiseen, josta ei niin vaan parannuta. Ei ole Ilja sitten uutta miestä ottanut. Enkä tiedä olisiko ollut ottajiakaan. Nehän ne jotkut vähän tollot ukot väittävät, että nainen olisi jo kolmekymppisenä loppuun kulunut. Mutta niinhän se vaan oikeasti on, että ukot palavat loppuun paljon ennen kuin akat. Jos suunnilleen saman ikäisinä mennään naimisiin, niin kyllä se melkein aina käy niin, että ukko luhistuu hautaan ensin. Minä tiedän monta sellaista tapausta. Naiset on ruumiiltaan pienempiä ja hennompia, mutta...

– Niin mutta se Ilja, pitäisikö minun sille kukkia viedä tai jotain.

– Jos kosia aioit, niin vie veikkonen kukkia muassa.

– En minä mitään kosi...

Hän vaikeni, kun näki äidin kihertävän naurua.

Maantietä pitkin matka tuntui oudon pitkältä. Oli hän senkin reitin joskus kävellyt, mutta vuosia aikaisemmin. Peltojen poikki ja järvenrantaa kulkien olisi päässyt perille hyvinkin puolet nopeammin, mutta ei hän pyhävaatteissa sitä kautta tohtinut kulkea, eikä edes muistanut miten polut risteilivät järven toisella puolella.

Vaikka oli matkan joskus kulkenut, maisemat tuntuivat vierailta. Hän ajatteli, että ehkä päähän osuneet potkut olivat tehneet muitakin vammoja kuin sen, ettei hän haistanut mitään. Sairaalasta palattua koko kylä oli näyttänyt vieraalta, mutta silloin hän oli asian unohtanut samassa, kun meni baariin. Nyt piti oikein pinnistellä, että muisti mistä kohti kääntyä pienemmälle tielle. Kun sinne asti pääsi, hän näki ihmisiä.

Siinä ne seisoivat nuo nuoret, juuri nuo kaikista pahimmat pukarit, jotka hänetkin olivat mukiloineet, Ranttali ja Iivana ja kolme hänelle täysin vierasta nuorta. Hän siirtyi kulkemaan toiselle puolelle tietä, ajatteli että pystyy kyllä juoksemaan nuoria pakoon, jos tarve niin vaatii. Katse haki valmiiksi reittiä: siitä hypätä ojaan, tuosta kiivetä ojasta ylös, tuosta juosta pienen niityn poikki metsään ja siellä jatkaa juoksua, jos joku vielä on kannoilla.

Mutta eivät nuoret tuntuneet hänestä piit-taavan, seisoivat vain ja keskustelivat keske-nään. Hän oli jo miltei heidän kohdalla, kun Ranttali viimein vilkaisi häntä. Mutta vain vilkaisi, käänsi katseen samassa pois. Hänelle jäi vaikutelma, ettei Ranttali edes tunnistanut häntä. Iivana ei häntä vilkaissutkaan.

Vielä tuo lapsena opittu hokema kaikui päässä. "Pelkoa ei saa näyttää." Hän ei ollut näyttänyt pelkoaan. Mutta mitä sillä on väliä, jos kukaan ei häntä edes huomaa.

Kun pääsi mutkan taakse nuorista, piti oikein pysähtyä miettimään. Hän oli kulkenut nuorien pukareiden ohi, eikä ollut pelännyt. Hän oli kai keskittynyt kulkemaan vakaasti ja vahtimaan samalla nuoria, suunnitellut pako-reittiä niin keskittyneesti, että oli unohtanut pelätä. Hän ei enää pelännyt järveä eikä nuoria pukareita. Mutta toisaalta häntä pelotti Iljan tapaaminen. Hän ei vieläkään tiennyt mitä naiselle sanoisi, paitsi että kiittäisi tätä.

Ilja onneksi oli puutarhassaan ja näki hänen tulevan, tuli portille vastaan ja oli selvästi ilahtunut.

– Kuulin jo kauan sitten, että kuka minut sieltä pelasti, hän kertoi Iljalle. – Mutta kun oli tuo kallomurtuma, olen siksi vaan ollut ja makoillut, niin kuin lääkäri neuvoi. En edes tänne asti ole arvannut lähteä kulkemaan. Ajattelin nyt, että niin kun kiittämään tulen.

– Eihän tässä nyt mitä kiittämään, Ilja sanoi. – Minähän tein sen mitä itse kunkin pitäisi tehdä. Mutta mennään kahville. Minä juuri äsken keitin.

Ilja taisi olla paljon vanhempi mitä hän oli uskonut. Hän oli aikaisemmin nähnyt naisen monta kertaa, mutta aina kaukaa. Yleensä tämä käveli jonnekin vaan, välillä oli sinisessä verryttelypuvussa ja toisinaan erätamineissa.

Häntä harmitti äidin tokaisu kosiomatkasta. Iljahan saattoi olla melkein hänen äidin ikäinen, mutta oli toisaalta hoikka ja jäntevä ja siksi kaukaa katsottuna paljon nuoremman näköinen. Mutta että jos kosisi Iljaa ja tämä vastaisi myöntävästi, sehän olisi melkein samaa kuin jos vaihtaisi äitiä. Turvallista kai mutta...

Kahvipöydässä hän kertoi, että oli juuri nähnyt ne samat pukarit, jotka hänet olivat mukiloineet.

– Tiedän minäkin ne sankarit, Ilja sanoi. – Tuolla se yksi asuu kivenheiton päässä. Vanhempiensa luona luuraa vielä. Mutta ne sen vanhemmat, ne ovat ihan mukavaa väkeä minun mielestä. Ja ne muutkin siellä asuvat, sen Ranttalin veljet. Siskoja sillä ei kai olekaan. En ole varma montako veljestä niitä on, mutta ainakin melkein seitsemän veljestä. Ovat kai jotain nyrkkeilijöitä, noin niin kuin urheilumielessä. Kuulemma joku niistä on ihan hyvin pärjännytkin. Eikä kai siitä veljesparvesta ole kuin se yksi, joka kulkee kylällä rähinöimässä. Ovat oikeastaan aika ystävällisiä, koko se muu pesue. Kun en oikein käsitä, että miten siitä yhdestä onkin sellainen tullut. Onko se samaa perhettäkään? Kun sitä kaikki aina kutsuu Ranttaliksi. Lehmänlehto niiden muiden sukunimi on, eikä niille muille ole moisia lisänimiä keksitty.

Välillä hän joutui kertomaan Iljalle, mitä kaikkia vammoja oli saanut, kauanko oli sairaalassa aikaa viettänyt.

– Se kallovamma siinä kai pahinta oli, hän sanoi.

– Niin, ne kun potkivat vielä sittenkin, kun toinen on maassa, sanoi Ilja. – Olen minä semmoisista kuullut. Ei sitä vaan oikein usko, ennen kuin itselle jotain tapahtuu. Se Ranttali, sehän niistä veljeksistä kai on nuorin. Miten sitten liekin niin vinksahtanut. Vaikka eipä silti, en minä nähnyt, että juuri se olisi sinua tai ketään muutakaan mukiloinut. Silloin kun minä sinne tulin, ei siellä ollut paikalla muita kuin sinä. Ja sinäkin olit niin hiljainen, että meinasin ohi kävellä. Makasit siellä osin met-sässä. Eikä vertakaan näkynyt paljoa, niin että vaikka sinut näin, meinasin vieläkin ohi kävellä. Luulin että joku vaan juopunut on siihen väsähtänyt. Vasta kun lähelle menin, tajusin että jokin on vialla.

– Mutta on kai mulla vähän tuuriakin mat-kassa ollut, hän sanoi. – Sitä kallovammaa lukuun ottamatta, kaikki paikat ovat paran-tuneet, eivät edes rikkipotkitut kylkiluut enää paljoa vaivaa. Naamataulukin on palautunut miltei ennalleen, ei ole arpia eikä kuhmuja.

– Silloin kun kävin sinua sairaalassa kat-somassa, silloin kun et vielä ollut edes tajuis-sasi, oli sinun pää kuin kirjava pallo, osin sininen ja osin punainen, osin miltei musta, turvoksissa joka paikasta. Luulen ettei silloin edes äitisi olisi tunnistanut poikaansa.

Hän vietti Iljan luona reilun tunnin, lupasi poiketa uudelleen, kun joutaisi. Palatessaan kotiin hän ei nähnyt nuoria pukareita, mutta oikaisi silti järven rantaa pitkin.

Kotiin tullessa äiti kysyi:

– Hyvinkö reissu meni?

– Hyvin meni.

– Et myöntävää vastausta saanut kosintaan.

Äitiä näytti vieläkin naurattavan sama asia. Häntä se harmitti. Ehkä se oli koko perheen kirous, tuo tapa vääriin ymmärtää toista ja sitten hihitellä omalle sukkeluudelleen pitkiä aikoja ja hihitellä sitä enemmän mitä vähemmän se muita huvitti.

Äiti näytti Iljaan verrattuna kovin nuhjuiselta ja hoitamattomalta. Ei äitikään varsinaisesti kovin lihava ollut, mutta pulska ja veltto. Ei äidistä kai koskaan voisi Iljan kaltaista notkeaa ja reipasta akkaa tulla, mutta olisi äidillä ollut varaa esiintyä yhtä hienona kuin vaikka lähistöllä asuva Nuorelan rouva. Mutta äidillä ei kai semmoiseen ollut haluja. Siitä pitäen mitä äitiään muisti, oli tämä näyttänyt aina vähän nuhjuiselta. Ehkä se johtui kampaamattomista hiuksista ja vanhoista vaatteista, joita äiti mielellään käytti, ei siitä, etteikö tämä olisi hoitanut itseään, peseytynyt ja elänyt suht terveellisesti. Oli hän nähnyt äidin käyttävän jotain voiteitakin kasvoissa ja käsissä, oli nähnyt tämän popsivan mitä lie vitamiinipillereitä, oli nähnyt äidin sekoittavan kylpyveteen jotain rohtoja. Ei hän tiennyt mitä nuo kaikki vaikuttivat, kun lopputulos kerran oli se mikä oli: nuhjuinen. Ehkä rohtojen ja voiteiden tarkoitus oli tehdä äidistä nuhjuinen. Äiti myös söi terveellisesti, paljon kasviksia ja kalaa, käytti jotain öljyjä rasvan sijaan, eli kuten joku lääkäri tai sairaanhoitaja oli neuvonut. Mutta lopputulos oli nuhjuinen.

Jos olisi uskaltanut, hän olisi mennyt äidin lähelle, ja tutkinut miltä äidin iho läheltä katsottuna näytti, oliko ryppyjä enemmän vai vähemmän mitä muilla samanikäisellä naisilla.

Äiti näytti niin arkiselta ja nuhjuiselta, että hän päätti lähteä baariin, kun oli siistit tamineet jo valmiiksi yllä. Hän näki, että äidin teki mieli estellä, mutta ei tämä mitään osannut asiaan sanoa.

12.

Suolampi ei ollut entisensä. Paikalla missä ennen muinoin oli sijainnut baari, sama missä hänkin oli vieraillut harva se päivä paikalla asuessaan, ei nyt ollut mitään, vain hiekkaa, multaa, kasveja. Kioski löytyi pienen hakemisen jälkeen, mutta sekään ei ollut entisellä paikallaan, eikä hän tavannut siellä tuttuja, vaikka norkoili paikalla melkein tunnin. Sai hän kioskinpitäjältä kuitenkin tietää sen, että Viljami Keronen, mies, joka muinoin oli kertonut hänelle kodinturvajoukosta, oli kuollut ja kuopattu vuosia sitten.

Tuo vähän mutkisti asioita. Hän oli Suolammelle matkatessaan ajatellut, että juuri Viljamilta saisi kuulla, miten olivat muinoin kodinturvajoukon perustaneet ja miten olivat pukarit kuriin saaneet.

Hän käveli kioskilta vain pienen matkaa punaisen, isohkon talon luo. Talossa oli silloin asunut Riitta Tursula.

Hän jäi matkan päähän katsomaan taloa. Monesti hän oli talossa nuorena käynyt, oli kai ollut Riittaan vähän rakastunutkin. Monta kertaa hän oli Riitan luona ollut, mutta hyvin harvoin he olivat olleet kahden. Riitalla oli ollut useita muita sulhasia samaan aikaan, ja he kaikki olivat häntä vähintään kymmenen vuotta vanhempia, yhtä paljon kokeneempia ja varakkaampia. Hänen tehtävänä olikin ollut viinan toimittaminen noille Riitan vanhemmille sulhasille.

Hän ajatteli, että voisihan suhdetta silti vielä lämmittää, ei tosin vuoteessa mutta kahvipöydässä.

Talosta purkautui väkeä ulos, ventovieraita ihmisiä. Siinä oli nuoripari lastenvaunujen kanssa. Siinä kaksi vanhempaa miestä kulki määrätietoisin askelin jonnekin. Seuraava tulija hieman hoiperteli ja hän uskalsi pysäyttää miehen ja kysyä, että vieläkö Riitta Tursula paikalla asui.

Mies ei muistanut Riittaa ollenkaan, mutta viittoili paikalle toisen miehen, joka kertoi, että myös Riitta Tursula oli kuollut ja kuopattu.

Hän jatkoi matkaa. Hetken hänestä tuntui, että koko kylä oli kuollut ja kuopattu, ainakin se osa kylää, joka oli hänelle tuttua. Kuolleita tuntui olevan enemmän kuin eläviä.

Kylä oli kuin kuollut, vaikka toki ihmisiä kulki sinne tänne, mutta hänelle aivan vieraita ihmisiä. Heitä katsellessa hän koetti laskea, montako vuotta oli kulunut siitä, kun hän oli paikalta pois muuttanut. Hän sai tulokseksi noin kaksikymmentä vuotta.

Mikään ei ollut entisellään. Vanhat raken-
nukset olivat entistäkin huonompia ja näyttivät
paljon pienemmiltä mitä ennen, jotkut
rakennukset olivat kadonneet kokonaan.
Mitään ei juuri ollut rakennettu uutta tilalle,
eikä paljoa vanhojakaan korjattu. Toisin pai-
koin luonto oli tehnyt tehtävänsä, kasvanut
puita ja pensaita niin etteivät tututkaan paikat
näyttäneet tutuilta.

Hän kulki hetken keskustassa päämäärättä
sinne tänne. Joku mummo hänelle nyökkäsi
tervehdyksen, jostain ohiajavasta autosta kuski
heilautti kättään. Hän kulki sitten seudulle,
missä oli joskus asunut. Kotimökkiä ei enää
jäljellä ollut, sen hän toki tiesi entuudestaan.
Hän kulki vielä hetken aikaa ja viimein kylän
laitamailta hän löysi tutun talon ja talosta
Jaatisen veljekset.

– Päätin näin kesällä kerrankin vähän
kuleksia, hän kertoi syyksi tuloonsa. – Katsas-
taa paikkoja missä itse olen joskus elänyt.

Kahvit juotiin pihalla, vaihdettiin kuulumi-
set. Veljekset tuntuivat olevan aivan yhtä
huolettomia kuin ennenkin, nostivat työttö-
myyskorvauksia pankista, kävivät luvatta
metsällä ja kalassa, keittivät viinaa ja joivat ja
myivätkin sitä. Se näytti niin huolettomalta
elämältä, että hetken oikein kateeksi kävi.
Yhtä huoletonta elämää hän itsekin oli Suo-

lammella asuessaan elänyt, vaikka ei sitä silloin itse ollut tajunnut. Sitten hän oli saanut perintönä aika paljon rahaa, oli tahtonut pois kaikesta entisestä, oli aloittanut uuden elämän uudella paikkakunnalla.

Veljekset asuivat kahdestaan vanhassa talossa aivan kylän laidalla, pikemminkin metsässä. Naapurit olivat aika kaukana ja niitäkin vain toisella puolella taloa. Toisella puolella oli vain metsää. Poikien äiti oli kadonnut aikoja aikaisemmin, kun pojat olivat aivan nuoria vielä, eikä kukaan tainnut tietää minne äiti oli mennyt. Alkoholisoitunut isä oli jotenkuten pitänyt kaksi poikaa leivässä ja herran nuhteessa, oli sitten kuollut, kun pojista nuorempi tai vanhempi oli armeijassa, ei hän enää muistanut kumpi. Poikien isän hän muisti vain jotenkuten, äitiä ei ollenkaan.

Isän kuoltua Jaatisen veljekset olivat talossa eläneet kaksin, nuorina olivat jotain työn-tapaistakin yrittäneet joskus, mutta huonolla menestyksellä. Satunnaiset naissuhteet olivat aina päättyneet viimeistään maanantaina.

Veljeksistä vanhempi, Lauri, oli kai edelleen kuin talon isäntä. Hän esitteli Anselmille taloa, vaikka tämä sen hyvin muisti ennestään. Talon kellarissa oli pontikkaa kanisteri kaupalla. Yhdessä huoneessa oli paljon metsästysaseita. Niitä kokeiltiin vuorotellen. Anselmi kai näytti niin haluttomalta, että pian Lauri ohjasi hänet takaisin ulos kahvipöytään ja kysyi:

– Miksi sinä oikeesti tulit?

– Minä olen vähän ajatellut, sanoi Anselmi.

– No jopas jotakin, sanoi Lauri.

– Tarkoitin kysyä, että muistatteko te yhtään vielä sitä aikaa, kun täällä kylällä ne pukarit mukiloivat väkeä ihan työkseen.

– Minä en kyllä muista siitä mitään, sanoi nuorempi veli, Viljo.

– Niin se lauma, muisti Lauri viimein. – Mutta siitähän on jo kauan. Olihan ne melkoisia pukareita, niin nuoriksi sälleiksi. Vaikka nuorethan ne kai pahempia onkin. En minä kyllä nimeltä heistä muista ketään, en erityisesti muista ketään.

– Että ei se nuorijengi enää täällä riehu, sanoi Anselmi.

– Ei riehu nuorisojengi, ei ainakaan se sama, kun ovat jo aikuisia. Uusi polvi on kai vähän parempaa lajia, eikä riehu. Eikä oikein voi riehuakaan, kun eihän niitä täällä paljoa olekaan. Mitä sinä sillä tiedolla oikein teet?

– Voin minä sen kertoakin, sanoi Anselmi. – Mutta siitä ette sitten kerro kenellekään, ette ainakaan virkavalalle.

– No sen minä voin kyllä luvata, sanoi Lauri. – Ainakaan virkavallalle ei hiiskuta mitään.

– Kaikille muille voidaan kertoakin, mutta ei virkavallalle, sanoi Viljo.

– Niin nähkääs, minä olen sinne uudelle kotiseudulle perustamassa kodinturvajoukkoa. Samalaista kuin mikä täällä oli silloin muinoin. Silloin kun me täkäläinen pukarilauma pantiin kuriin.

– Mutta ethän sinä siinä joukossa tehnyt yhtään mitään, sanoi Viljo.

– No en ehkä mitään konkreettista, hän myönsi. – Mutta olin kuitenkin paikalla.

– Olet uusia sanoja oppinut, sanoi Lauri.

– Sikäli kun minä muistan, niin sinähän kirosit ne kodinturvaajat alimpaa helvettiin, muisti Viljo. – Kun se haittasi viinanmyyntiä. Kun niitten takia niitä poliiseja ramppasi täällä yhtenään.

– No ehkä niin, ehkä niin, Anselmi sanoi. – Mutta täällä ei kai sen jälkeen ole nuoriso-lauma riehunut.

– Ei, kun ei täällä kai nuoria paljoa olekaan, sanoi Lauri. – Tämä kun on vähän syrjässä, niin eivät nuoret täällä viihdy. En käsitä miksi silloin muinoin viihtyivät.

– Mutta entäpä ne isännät, jotka niitä kuriin pani. Vieläkö heitä on?

– Minä en kyllä muista heitä ollenkaan, sanoi Viljo.

– Siinä taisi käydä jotenkin huonosti, muisti Lauri. – Sinähän olit silloin kai jo muuttanut pois. Siinähän kävi kai jotenkin niin, että ne isännät mukiloivat jonkun nuoren niin pahasti, ettei se kai ole vieläkään toipunut. Se sai jotain vammoja päähän. Kallomurtuma oli vienyt pojan päästä viimeisenkin järjen. Ja siitähän virkavalta sitten vasta innostuikin. Se koko homma kääntyikin niin päin, että ne isännät, ne kodinturvajoukot, ne joutuivat syytteeseen. En tiedä, vaikka kävisivät oikeutta siitä vieläkin. Ja kun se yksi oikeusjuttu pantiin vireille, niin ne kaikki muutkin mukiloidut pukarit alkoivat syyttämään niitä samoja isäntiä, vaativat korvauksia kivusta ja särystä. Sellaisetkin nuoret vaativat korvauksia, joita ei koskaan edes lyöty. Se homma niinku levisi ja paisui ihan tolkuttomaksi. Muutenkin niillä isännillä meni kai aika huonosti, niin kuin kai kaikilla täällä syrjässä elävillä. Ainakin se Väkäsvirta, se, joka johti niitä kodinturvaajia, niin sille tuli avioero. Muija otti mukulat ja lähti. Isäntä kai sitten lähti toiseen suuntaa. Iso osa niistä on muuttanut kokonaan pois, luultavasti työn perässä jonnekin etelään. Ehkä niistä muutamia on vielä jäljellä, mutta eivät nekään pidä paljoa ääntä itsestään. Monet on muuttaneet pois, niin kuin sinäkin.

– Minä luulen, että jotkut niistä isännistä kärsivät pahoja omantunnon vaivoja, sanoi Viljo naureskellen. – Se omatunto, se on paha juttu.

– Kovin vaisulta näytti elämä tuolla kylällä, Anselmi sanoi. – Kerosen Viljamikin kuuluu olevan jo kuollut.

– Kuollut on ja haudattu, vahvisti Viljo. – Kyllä minäkin sen muistan. Kaikki kuolevat ja kaikki haudataan.

– Huonompaan suuntaan täällä aina vaan mennään, sanoi Lauri. – Väki muuttaa muualle, varsinkin nuoret. Ketään ei muuta tilalle. Vanhat kuolee pois. Ei ole kohta ketään jäljellä kelle viinaa voisi myydä. Sellaista se on nykyaika täälläpäin.

– Muistatteko yhtään, että kuka sen kodinturvajoukon perusti ja miten?

– En minä siitä muista mitään, sanoi Lauri. – Se Väkäsvirta siinä oli suuna ja päänä, mutta en muista kuka perusti ja kuka niitä oikeasti johti.

Viljo kertoi:

– Sen minä muistan lopun ikääni, kun meidän isä kuoli. Se makasi sängyssä kai parikin vuorokautta, sitten nousi ykskaks kyynärpäiden varaan ja sanoi: ”Tämän hetken minä muistan lopun ikää”. Ja sitten kuoli.

Lauri kysyi:

– Jäätkö yöksi vai mitä teet?

– Kai minä jo lähden, hän sanoi.

Hän kävi vielä hautausmaalla, löysi vanhempiensa haudan, ilokseen havaitsi, että joku toinen siitä piti huolta. Jotain kukkiakin kummulle oli istutettu. Hän etsi sitten pysäkin, jäi odottamaan linja-autoa. Ei kylällä tainnut olla ketään, keltä hän olisi voinut neuvoa kysellä. Mitään kiirettä kotiinkaan ei ollut. Hän päätti kulkea kotiin kapakoiden ja kahviloiden kautta.

Hän oli aluksi hyvin pettynyt. Jaatisen veljeksillä ei tuntunut olevan senkään vertaa järkeä, mitä oli ollut viimeksi tavatessa. Juoppoja molemmat veljet kai olivat olleet jo silloin, mutta nyt olivat sitä vieläkin enemmän. Varsinkin nuorempi veli taisi olla jo aivan kypsä. Viina kai oli tappanut miehen päästä aivosolut, jos kohta ei niitä paljoa voinut olla alun alkaenkaan.

Kohta hän kuitenkin löysi asiasta hyvänkin puolen, sen että oli itse älynnyt muuttaa pois kuolevasta kylästä. Ehkä hänkin muutoin olisi Jaatisen veljesten seurassa keittämässä pontikkaa, juopottelemassa päivästä toiseen. Mutta hän oli muuttanut pois ja oli raitistunut ja nyt hänestä voisi jopa tullakin jotakin, jokin päällikkö, kodinturvajoukkojen päällikkö.

Hän oli muuttanut pois. Hän ajatteli, että se taisi olla viisain teko, mitä hän oli koskaan tehnyt. Muutettuaan uuteen paikkaan hän oli vain elänyt, elänyt muuten kuten ennenkin, mutta jättänyt viinan pois. Hän oli käyttänyt konsteja, jotka tiesi ja tunsi, hän oli nostanut työttömyyskorvauksia, vaikka ei töitä etsinytkään, hän oli nostanut myös toimeentulotukea, vaikka tiesi ettei se hänelle olisi kuulunut. Hän oli vain ollut ja oleskellut, pitänyt perintörahat visusti piilossa. Kai hän oli jotenkin huomaamattaan kivunnut jonkinlaiseen asemaan, kun kerran hänestä nyt jotain päällikköä tehtiin.

Mutta silti hän edelleen tunsi olevansa kuin kuiva lehti tuulessa. Ei ollut työtä, ei mitään virkaa eikä asemaa kylässä, ei ollut koskaan ollut. Hän vain oli, kuten oli ollut aina ennenkin. Paitsi että nykyisin hänellä oli takana rahaa ja osakkeita, ja oli vahdittava, että rahat olivat paikassa, missä ne kasvoivat eniten korkoa. Kun oli oppinut tietokonetta ja nettipankkia käyttämään, oli rahan siirtely paremmille paikoille ollut jo helppoa. Helppoa mutta ei aivan huoletonta. Aamulla ensimmäisenä ja illalla viimeisenä mielessä usein vilahteli pörssikursseja.

Mielessään hän kiitti luojaa saamastaan perinnöstä. Hänen vanhemmilla oli ollut varoja

paljon enemmän kuin mitä hän oli kuvitel-
lutkaan.

Ensimmäinen oikea virka tuli vastaan vasta
nyt, kun hän jo oli miltei eläkeiässä. Eikä hän
ollut itse virkaa hakenut. Antti ja muutama
muu ihminen häntä siihen virkaan ajoi.
Hänestä voi tulla kodinturvajoukkojen pääl-
likkö. Antin puheista hän jopa ymmärsi, että
häntä ihan oikeasti tarvittiin. Sellaista ei kos-
kaan ennen hänelle ollut tapahtunut.

Retki oli sekä onnistunut että ei. Lähties-
sään hän oli ajatellut, että voisi Viljami
Keroselta ja muilta kysellä, miten olivat
käytännössä toimineet kodinturvajoukossa
ollessaan. Siltä osin retki oli aivan turha.
Toisaalta Laurin tiedonmurut siitä, että kodin-
turvaajat olivat itse joutuneet jonkinlaiseen
pulaan, lisäsi epäilyjä. Pystyisikö hän itse
joukkoa hallitsemaan niin, ettei kukaan innos-
tuisi liikaa?

Siksi päälliköksi ryhtyminen epäilytti nyt
jopa enemmän, kuin aikaisemmin.

Mutta toisaalta, virka kuulosti hienolta. Jos
hän siinä onnistuisi, saisi pukarilauman kuriin,
taatusti hän sen jälkeen olisi kyläyhteisön
täysivaltainen jäsen, osa kylän selkärankaa, ei
mikään lehti tuulessa. Hän olisi kylän
tukipilareita yhtä lailla kuin perheenisät.
Tietysti nuo sukupolvien ajan seudulla asuneet

pitäisivät itseään etuoikeutettuna ryhmänä, mutta heitä oli enää vähän jäljellä. He elivät jossain omassa maailmassaan ja se maailma oli pieni ja ankea, täynnä kirjoittamattomia sääntöjä.

13.

Päästyään baariin Eeti näki taas nuo samaiset pukarit ja nyt seuraan oli liittynyt iso liuta vielä nuorempaa väkeä. Nämä olivat vallanneet baarista nurkkauksen, missä sijaitsi levysoitin. Eivät nuoret siihen rahojaan tuhlanneet. He vain seisoivat ja puhuivat, tukkivat samalla väylän mistä pääsi kulkemaan vessoihin. Se kai oli heidän tarkoituskin. He kai tunsivat olevansa vahvoilla. Heitä oli monta, mutta aikuiset kulkivat yksinään vessaan ja takaisin, he, jotka uskalsivat. Jotka eivät uskaltaneet, he kulkivat ulos baarin taakse tarpeilleen, ja heille nuoret virnuilivat avoimesti. Osa aikuisista lähti kokonaan baarista pois.

Hän osti kupin kahvia, istui aikuisten pöytään, tuttujen ja puolituttujen ukkojen seuraksi. Pian oli myös hänen päästävä vessaan tarpeilleen. Hän päätti uskaltautua nuorisolauman läpi. Eivät nuoret hänen kulkua estäneet, väistivät sen verran että hän juuri ja juuri mahtui kulkemaan ketään tönimättä ohi. Tehtyään tarpeet piti pysähtyä miettimään. Hän oli vessassa vähän kuin ansassa. Ei hän pääsisi takaisin aikuisten joukkoon muutoin kuin nuorisolauman läpi kulkemalla. Oliko se ollut nuorten pukareiden tarkoituskin? Mutta kun oli maantietä kulkenut nuorten ohi, eivät nämä hänestä olleet mitään piitanneet. Jos vessa oli pukareiden järjestämä ansa, tuskin ansa oli häntä varten viritetty.

Hän astui ulos, kulki nuorisolauman läpi. Nämä eivät tosiaan piitanneet hänestä mitään, eivät ehkä edes muistaneet, että olivat hänet mukiloineet sairaalakuntoon. Nuorista äänessä oli Ranttali, mutta hän ei silloin kiinnittänyt Ranttalin puheisiin mitään huomiota, palasi entiselle paikalle pöytään, ei kuunnellut sitäkään mitä aikuiset puhuivat, katseli sivu-silmällä pukareita. Hän tajusi taas, ettei ollut pelännyt pukareita. Mutta ei ehkä ollut syytä-kään pelätä, nämä kun eivät näyttäneet edes huomaavan häntä.

Ei hän iljaakaan ollut pelännyt, ei sen jäl-keen, kun kahvipöydässä unohti pelkonsa. Ei hän tainnut pelätä enää mitään.

Aikuiset räjähtivät aivan ykskaks naura-maan, eikä hän tiennyt mille. Kohta miehet taas jatkoivat juttujen kertomista, mutta puhe ei yltänyt hänen tajuntaan. Kaiken yli kuului nyt Ranttalin ääni, joka selosti jotain tappelua:

– Mä iskin sitä suoraan naamaan. Verta vaan roiskui joka puolelle. Ainakin kolme hammasta siltä katkesi. Sen naama oli kohta ihan veressä ja sen paita oli märkä verestä. Mutta se yritti iskeä mua nyrkillä. No minä väistin, ja iskin sitä sitten nenään. Kuulu vaan sellainen rusahdus, kun sen nenä murtu. Ja siihen se putosi. Ei tule se tyyppi enää minua neuvomaan.

Ranttali oli hetken kuin aikeissa jatkaa juttua, mutta vaikeni. Hänestä näytti, että kuin tuo nuorten silmitön ihailu olisi mykistänyt Ranttalin. Tämä vain seisoi nuorten ympäröimänä ja katseli kaukaisuuteen silmät sädehtien.

Eikä hän enempää olisi halunnut Ranttalin puhetta kuullakaan, tajusi jo tuostakin, että Ranttali puhui jostain uhrista, jonka oli mukiloinut. Mutta yhtä hyvin Ranttali olisi voinut puhua hänestä ja oli ehkä puhunutkin silloin kun se tapaus oli vielä tuore. Nyt Ranttali kai oli niin monta muuta jo mukiloinut, ettei häntä edes muistanut.

Ja nuo nuoret pukareiden ympärillä, he katsoivat Ranttalia kuin tämä olisi muka suurikin sankari. Ehkä juuri sen takia Ranttali uskoi olevansa sankari, kun keskenkasvuiset häntä niin ihailivat. Se tuntui käsittämättömältä. Eiväthän nuo pukarit edes tapelleet rehellisesti, mukiloivat jonkun vain tappelua taitamattoman pienellä porukalla. Häntäkin lyötiin ensin takaapäin. Ei hänelle annettu mitään mahdollisuuksia puolustautua.

Nuo nuoret olivat mukiloineet hänet pahasti, niin pahasti että hän sen muistaisi loppuelämän ja hänellä olisi vammojakin loppuelämän ajan. Luut kai ajan oloon jotenkuten paranisivat, mutta eivät aivan entiselleen. Päähän kohdistuneiden iskujen ja potkujen takia hajuaisti ei toiminut vieläkään kunnolla. Lääkäri oli sanonut, että sellaisiin potkuihin päähän voi jopa kuolla, tai sitten voi käydä niin, ettei käy mitenkään. Tai sitten voi tapahtua kaikkea siltä väliltä. Ja entäpä kaikki se, mitä tapahtui pään sisällä, siellä minne lääkäritkään eivät näe? Niistä vammoista hän ei ehkä toipuisi täysin ikinä.

Ja siinä nuo samat pukarit seisoivat ja puhuivat, olivat kuin häntä ei olisi olemassakaan. Ei hän toki ollut odottanutkaan, että pyytäisivät anteeksi, mutta...

Se että niin välinpitämättömästi suhtautuivat elämään ja kuolemaan, muiden ihmisten terveyteen, se tuntui pahalta. Hän muisti uutisissa näkemänsä pätkän joistain Isistaistelijoista. Eivät nuo pukarit olleet sen parempia kuin nuo rättipäiset taistelijat Lähiidässä, taistelijat, joita kai kaikki nykyisin vihasivat. Ei kai sellaisille Isistaistelijoille muuta voinut tehdä, kuin tappaa heidät.

Ranttali selosti edelleen jotain tappelua, jossa ei toisella tappelijalla ollut mitään mahdollisuuksia pärjätä. Olisi voinut kuvitella, että matadori puhuu siten härästä, tai metsästäjä kaatamastaan saaliista, onkimies kaloista.

Nuo samaiset nuoret olivat hänet mukiloineen ja nyt vaikutti, etteivät nuo pukarit edes tunteneet häntä. Oliko hänkin noille pukareille vain kuin nimetön härkä matadorille? Ei kai hän ollut heille kukaan, ei ollut edes ihminen. Hän vain oli sattunut kulkemaan väärään aikaan väärälle paikalle ja he olivat mukiloineet hänet, kun se oli heidän harrastus. Ellei hän olisi kulkenut paikalla, he olisivat mukiloineet jonkun toisen, olisivat vaikka etsimällä etsineet jonkun yksinäisen kulkijan ja mukiloineet, että olisivat sinäkin viikonloppuna saaneet hommansa hoidettua.

14.

Eetin mentyä äiti jäi miettimään poikansa elämää. Poika oli aina kaiken tehnyt niin kuin pitikin tehdä, ei ollut kinannut eikä valittanut, ei edes silloin kun olisi aihetta ollut. Aina poika oli totellut häntä ja isäänsä, sekä myös Maunoa ja Anttia. Totteli jostain syystä myös Anselmi Kuurulaa ja ties keitä kaikkia muita ukkoja.

Miksi nyt lähti baariin, vaikka hän oli siitä varoittanut?

Poika oli aina ollut yksin, mutta vaikutti kuin tämä haluaisikin olla yksin, oli kai aina halunnut. Miksi oli tahtonut Ilja Jäärälää tapaamaan? Miksi vietti kaiket päivät järvellä, eikä kotona? Olihan Eeti toki aikaisemminkin usein metsässä tai jossain oleskellut, mutta nyt vietti järvellä kaiken aikansa, kävi vain syömässä ja nukkumassa kotona.

Mitä ajatuksia pojan päässä kulki? Poika oli aina ollut paljon yksin, miksi nyt tahtoi ihmis-ten seuraan? Miksei tahtonut kotiin ja hänen seuraan?

Jotain säälin tapaista läikähti äidin rinnas-sa. Pitäisikö hänen joskus sanoa pojalle jotain sellaisia kummallisia sanoja, mitä ihmiset televisiossa sanoivat toisilleen, että rakastaa tai ainakin että välittää kovasti ja kaikkea muuta sellaista. Ne semmoiset sanat vain olivat hänelle kovin vieraita ja vaikeita, olivat kuin paise kurkunpäässä, vaikea niellä, vaikea kakistaa ulos. Ei sellaisia sanoja oikeassa elämässä käytetty, vain televisiossa. Ja televisiossakin niitä kai käyttivät näyttelijät, joille joku toinen oli sanat kirjoittanut. Niitä sanoja kuuli käytettävän vain televisiossa, ja hän tiesi, etteivät ne sanat tarkoittaneet mitään, olivat vain teatteria. Ei kai voinut olla tarkoituskaan, että tavallinen ihminen käyttäisi sellaisia sanoja. Mistä saattoi tietää, miten näyttelijät oikeassa elämässä puhuivat?

Oikeassa elämässä niin ei puhuttu, ei ainakaan hänen elämässä. Jaa, mutta olihan Jaakko joskus jotain sellaista yrittänyt, silloin kun kosi häntä. Mutta mies oli silloin ollut aivan tolaltaan, puhunutkin niin nopeasti, ettei sanoista saanut kunnolla selvää, olisi yhtä hyvin voinut puhua hepreaa. Mutta oli hän sitten lopulta ymmärtänyt sen, että Jaakko tahtoi naimisiin ja juuri hänen kanssa.

Naimiseen he olivat sitten menneetkin. Niin että kai siitä sopotuksesta oli jotain hyötyäkin ollut. Paitsi että olihan hän miehen aikeet tiennyt jo ennen kuin mies suunsa avasi.

Hän oli vastannut myöntävästi Jaakon kosintaan, kun arvasi ettei muita kosijoita vähiin aikoihin ilmaantuisi. Kaikki sellaiset

Jaakko jo oli onnistunut olemuksellaan hänen läheltä karkottamaan.

Hän näki jo kaukaa Anselmin. Mies asteli kiireisen oloisena pikkutietä, ei vilkuillut ympärilleen. Hän tiesi, että Antti yritti tehdä Anselmista jotain pikkupäällikköä johonkin kodinturvajoukkoihin. Se vähän huvitti häntä. Kyllä kai Anselmista sellainen päällikkö voisi tullakin, mutta näin pienessä kylässä kai saman työn voisi hoitaa kuka hyvänsä.

Oliko tuo mahdollinen päällikkyys syy Anselmin kiireiseen kulkuun?

Anselmi kääntyi pikkutielle, joka johti aivan hänen asunnon vierestä ei paljoa minnekään. Toki sitä kautta pääsi kylälle, jos poikkesi pikkutieltä metsään ja jatkoi latupohjaa tai polkua pitkin. Itse tie loppui jonkun pihalle. Ei hän ollut ennen nähnyt Anselmin sitä kautta kylälle kulkevan.

Anselmin tuli tietä nopeasti ja kun näki hänet ulkona, tuli kohti. Mies huohotti kävelymatkan päätteeksi.

– Minä tulin kysymään neuvoja, kun minulla on pulma. Minun haulikko on kadonnut. En löydä sitä mistään. En ole sitä nähnyt sen jälkeen, kun minun syntymäpäiviä siellä vietettiin. Et sinä ole sitä ottanut.

– Mitä kummaa minä sinun haulikolla tekisin. Luuletko että olisin sen varastanut?

– En, en tietenkään. En minä mitään sem-
moista. Ajattelin, että silloin syntymäpäivillä,
kun siivottiin, että olisit siirtänyt sitä jonnekin.

– En minä ole sinun pyssyyn koskenut
ollenkaan. Ettet vaan olisi itse sitä siirrellyt.

– Sitähän minä mietin ja mietin, mutta en
saa mieleeni. Eikä haulikkoa löydy mistään.
Ajattelin, että joku vaan olisi siirtänyt sen
toiseen paikkaan. Sinä tai ehkä Eeti, sehän oli
siellä siivoamassa mukana.

–Ei kai nyt Eeti semmoista... Eihän Eeti ole
koskaan aseita käyttänyt. Onko pyssyä edes
koskenut koskaan.

– Eikö se ole armeijan käynyt mies?

Tuo vähän yllätti hänet. Oli Eeti tosiaan
armeijan käynyt. Kyllä hän sen nyt muistikin,
kun oikein muisteli. Eeti oli mennyt armeijaan
yhtä nöyrästi ja hiljaa kuin kouluunkin, oli
käynyt välillä lomillakin armeijan univormu
yllä ja aikanaan päässyt armeijasta pois. Mitä
Eeti armeijassa oli tehnyt, siitä hänellä ei ollut
aavistustakaan. Miten hän ei sitä heti muista-
nut? Jaa, mutta Eetihän taisi armeijaan lähteä
silloin, kun Jaakon sydän ensimmäisen kerran
reistaili. Jaakolle piti oikein ambulanssi tilata
ja hän oli sitten mennyt miehensä mukana
sairaalaan. Sillä aikaa kai Eeti oli kadonnut
armeijaan. Ja olihan poika isänsä hautajaisiin
tullut, sitten myöhemmin. Mutta silloin hänellä

oli väkeä ollut ympärillä niin paljon, ettei ollut Eetiä huomioinut.

– Kun en tahtoisi uskoa, että se on varastettu, sanoi Anselmi. – Kyllähän semmoista sattuu, tiedän minä sen. Ja onhan totta, että minulla ovet jää monesti lukitsematta. Mutta kuka kumman voro sinne olisi älynnyt mennä? Ja kun ei mitään muuta ole vohkittu. Ei edes yöpöydällä olleita muutamia seteleitä. Eikä sinne ainakaan ole murtauduttu, ovet ja ikkunat ovat aivan ehjiä. Ajattelin hetken, että sinä siitä jotain tietäisit.

– Vaikea minun on siitä mitään arvata. Kun siellä väkeäkin oli silloin vaikka miten paljon ja kaikki humalassa. Ellei sinulla mitään vihjettä ole?

– Ei ole kummempia vihjeitä. Siksi minä silloin sen komeroon siirsin, kun sekä Santtu että Antti siitä niin kiinnostuivat. Siksipä en heti huomannutkaan, että se on kadonnut. Vasta nyt kun palasin reissulta.

– Käy toki veikkonen Antiltakin kysymässä, mutta en minä usko. Ei ole meidän poikia ikinä varkaiksi syytelty.

Anselmi vakuutti vielä, ettei heitä varkaina pitänytkään, vaan uskoi että oli tapahtunut jokin väärinkäsitys.

– Ettet olisi humalapäissäsi lainannut sitä jollekin, epäili Liisa. – Missäs sinä reissussa olet ollut? En ole huomannutkaan.

– Ihan vaan jonkun päivän olin poissa. Kävin siellä syntymäkodissani, paitsi ettei sitä enää ole. Enkä kyllä muista, että haulikkoa olisin kenellekään lainannut. Pelkäänpä että se sittenkin on vohkittu.

He jäivät katsomaan Santun asuntoa, Santtua tai tämän vaimoa ei pihalla näkynyt. Liisa mietti, että olisiko Santtu voinut viedä Anselmilta aseen. Vaikea oli arvata, mitä tuon päivästä toiseen juopottelevan miehen mielessä liikkui. Oli hän Santun nähnyt joskus niin kovassa humalassa, että oli tosi vaikea ihmisen ymmärtää, miksi toinen ihminen joi itsensä sellaiseen alennustilaan. Sitä ei vain käsittänyt. Santulla kuitenkin oli vaimo ja kaksi lasta. Olisi luullut, että edes lasten takia olisi vähän ryhdistäytynyt.

Jotain oli Santussa vialla, jotain taisi olla vialla koko Kruupan perheessä. Santun vaimoa ei missään useinkaan näkynyt, kulki tämä toki kylälle kauppaan ja takaisin, mutta senkin matkan teki mieluummin metsien kautta, ei pysähtynyt juttelemaan kai kenenkään kanssa. Nainen tuntui aina kulkevan aivan samaa vauhtia, koskaan ei ollut kiire, mutta koskaan ei myöskään ollut aikaa pysähtyä, kulki vain kumaraisena katse maahan luotuna. Oliko vaimon kaikki voima ja tarmo kulunut lapsien hoitamiseen. Santusta siinä työssä tuskin oli mitään apua ollut. Tai ehkä vaimo häpesi juoppoa miestään. Silloin kun oli tämän läheltä nähnyt, oli vaimo ollut hiljainen ja alistunut, kuin vähän häpeilevä, vaikka Santunhan se olisi kuulut hävetä, ei vaimon.

Mutta Santtua ei kai sellaiset asiat häirinneet. Tuntui että sen jälkeen, kun vene rikottiin, Santtu olisi liikkunut maisemassa entistä tarmokkaammin. Ehkä Santtu jopa tunsi itsensä tärkeämmäksi kuin ennen, oli kuin kuuluisuus. Vaikka veneen rikkomisesta oli jo aikaa, Santtu kertoi siitä vielä jokaiselle, jonka onnistui pysäyttämään.

Antti oli hänelle kertonut, että Santun vene oli ollut aivan arvaton, vanha puolimätä puuvene, pinnalla pysyvä tosin.

– Miten varma minä olenkaan siitä, että Santun oma vaimo on rikkonut Santun veneen, sanoi Liisa. – Olen siitä niin varma kuin jos olisin omin silmin nähnyt.

Hän kertoi Anselmille, että sinä päivänä, kun Santtu oli lähtenyt taksilla kylän toiselle puolelle talkoisiin, oli siitä suureen ääneen kailottanut vähän kaikille jo aikoja aikaisemmin. Samana iltana hämärän tultua hän oli ikkunastaan nähnyt Santun vaimon kulkevan hänen asunnon ohi Kaljajärven suuntaan. Hän oli sitä ensin ihmetellyt, että joutuuko vaimo Santun kalaverkot nostamaan, kun mies itse on talkoissa juopottelemassa. Oli ihmetellyt sitäkin, että miksi nainen siihen työhön vasta hämärissä lähtee, mitenkä verkoista pimeällä enää mitään kaloja edes löytää. Naisella oli ollut kassi mukana ja jotain oli kassista pilkistänyt esille. Vasta myöhemmin hän tajusi, että kassissa taisi olla kirves ja hän oli nähnyt kirveenvartta osan. Hän oli jäänyt ikkunaan odottamaan ja jo noin puolen tunnin päästä nainen oli palannut, kassi aivan yhtä tyhjä tai täysi kuin mennessä.

Kun oli myöhemmin kuullut, että Santun vene oli rikottu, oli hän aivan varma, että Santun oma vaimo oli siihen tekoon syyllinen.

– Mutta älä sinä sitä Santulle kerro, hän sanoi. – Sillä Santun vaimolla, on sillä ollut kestämistä muutenkin.

– Mitäpä minä siitä kertomaan, sanoi Anselmi.

Hän mietti vielä, että harmittiko naista niin kovasti se, että mies vietti kaiken aikansa järvellä eikä kotona, oliko jopa vähän mustasukkainen kaloille. Tai ärsyttikö vaimoa se ainainen kalojen perkaaminen ja kaloille haiseva keittiö ja sinne tänne liimautuneet kalansuomut.

Kun sama meno jatkuu vuodesta toiseen, kai siinä rauhallinenkin ihminen saattaa ärsyyntyä niin että tekee outoja asioita.

Hän yritti kiteyttää mietteensä:

– Se Santtu, on siinä meillä yksi kummajainen. Siltä kai voi odottaa melkein mitä tahansa. Kun se on aina kännissä.

Anselmin ajatukset tuntuivat kulkevan samaa rataa hänen ajatusten kanssa, sanoi:

– Olisiko se tuo Santtu voinut minun aseen viedä. Ehkä aikoo ampua sitä, jonka uskoo veneensä rikkoneen. Jauhiainen, vai mikä se oli? Niin se ainakin minulle väitti. Se siinä nyt huolettaa, että ei kai minun ase ole Santulla. Sama se minulle, vaikka jonkun Jauhiaisen ampuisikin, kunhan ei ammu sitä minun aseella.

– Menepä kysymään siltä, jos tuo on kotona, sanoi Liisa.

Anselmin mentyä hän jäi vielä katsomaan Kruupan taloa.

Hän ajatteli, että kun tilaisuuden saisi, hän yrittäisi tutustua Santun vaimoon vähän paremmin. Häntä itseäänkin oli joskus muinoin harmittanut se, että aviomies kulki pyssyn kanssa metsällä kaikkina vapaa-aikoina. Itse hän ei ollut koskaan uskaltanut asiasta Jaakolle edes huomauttaa, saatikka että olisi uskaltanut rikkoa Jaakon aseen. Jos sen olisi tehnyt, seuraukset olisivat voineet olla vaikka mitä. Ehkä Jaakko olisi ampunut hänet, miettinyt ensin asiaa päivän, tai viikon, tai kuukauden tai vuoden, sitten ampunut hänet. Sellainen aviomies hänellä oli ollut, mies, joka hautoi asioita ja ratkaisi ne sitten omin päin. Senpä takia hän kai oli aina ollut vähän peloissaan. Ei niinkään itsensä takia. Kyllä hän osasi myötäillä Jaakkoa, tiesi mitä sai tehdä ja mitä ei. Mutta joka päivä kun mies jonnekin lähti, hän jäi miettimään, että tuleeko mies takaisin vai päätyykö sairaalaan tai ruumishuoneelle tai poliisin huostaan. Sen jälkeen, kun Jaakko ja Mauno olivat ottaneet yhteen, oli hän pelännyt, milloin Jaakko ottaa yhteen Antin kanssa. Kaikki kun on joskus niin pienestä kiinni. Jaakon ja Maunon tappelukin, vain siksi kun ollaan eri mieltä jostain asiasta, eikä anneta periksi.

Ehkä hän Santun vaimon kanssa oli kuin samassa veneessä, vaikka hän ei tiennyt naisesta mitään, ei edes tämän etunimeä.

Kun näki tutun auton kulkevan tietä pienen matkan päässä, hän nosti haravan päänsä ylle, viuhtoi niin että kuski näki hänet. Auto hiljensi ja kääntyi pihatielle.

– Mitä se Liisa täällä kuntoilee, Maikki kysyi.

– Kun se toi Anselmi kävi ja kertoi, että siltä on varastettu haulikko. Kyseli että olenko minä siihen koskenut taikka Eeti taikka Antti. Mutta en minä kyllä usko, että Eeti...

– No luuleeko se, että Antti...?

– En minä kyllä oikein usko sitäkään. Eivät meidän pojat ole koskaan varastelleet mitään.

– Jos siellä on joku vaan murtovaras käynyt kääntymässä.

– Ei kuulemma ollut murtojälkiä. Eikä mitään muuta ole kadonnut. Mikä murtovaras se sellainen on, jolle ei edes raha kelpaa? Sitä minä vaan, kun Anttihan vähän hurjapäinen nuorena oli. Se kai voisi haulikolla jotain tehdäkin.

– Jotain outoa siinä on kyllä nytkin, siinä Antissa, myönsi Maikki. – On se vähän outo ollut siitä lähtien, kun Eeti mukiloitiin. En tiedä mitä se ajattelee. Aluksi se ei hetkeäkään pysynyt paikallaan, aina oli olevinaan tekemistä tai menemistä. Enkä edes tiedä minne se aina meni, jonnekin vaan. Nyt on vähän aikaa ollut säyseämpi. En tiedä suunnitteleeko se jotain. Mutta kyllä minä nyt tutkin sen puuhat. Vien vaikka lapset äidin luo muutamaksi päiväksi, että voin rauhassa sitä vakoilla. Ja jos Antti sen pyssyn on vienyt, niin kyllä minä sen löydän. Käännän vaikka koko talon ympäri. Vaikka toisaalta, en minä kyllä yhtään itkisi, vaikka joku ne pukarit ampuisikin. Eetinkin pieksivät niin ja nyt viimeksi mukiloivat se yhden Turpulaisen. Kolme kylkiluuta siltäkin meni katki.

– Ja vapaina vaan kulkevat.

– Laki kai on aika suopea heille. Eihän ne mitään muuta pahaa tee, kuin että tappelevat toistensa ja muiden kanssa. Joidenkin mielestä ne ei ole rikollisia ollenkaan. Eikä se Turpulainen uskaltanut edes poliisille ilmoittaa. Piiloutui vaan omaan mökkiinsä. Jos ne pukarit samalla varastaisivat vaikka lompakon, niin sittenhän se kai olisi ryöstö ja siitä häkinovi heilahtaisi ihan varmasti. Se Turpulainenkin, semmoinen pieni, kiltti ja vähän tyhmä mies. Semmoisia mukiloivat. Kyllä minä voisin semmoiset pukarit ampua, vaikka itse.

– Onhan se väärin, se mitä tekevät, en minä sitä sano, myönsi Liisa. – Tietysti se on väärin lyödä toista ja tietysti siitä pitäisi rangaista. Mutta sitä, että onko kostaminen sitten sen oikeampaa tai väärempää. Jos sen kostaa ja sen takia päätyy vielä vankilaan, niin se on vieläkin väärempää. Ei se ainakaan siitä paremmaksi muutu. Sitä vaan itselle tekee hallaa. Sitä minä vaan, kun se Anselmi jo aikaisemmin puhui, että uskoi että Antti aikoi niiden nuorten yli ajaa autolla. Oletko siitä jo kuullut.

– En ole. Mutta minä rupean sitä nyt vahtimaan. Laitan sen vaikka liekaan jos ei muu auta. Mutta kyllä niille nuorillekin jotain jo pitäisi tehdä, kun ei kerran poliisi mitään tee.

– Pärjääkö niille edes ilman haulikkoa, epäili Liisa. – Nykyisinhän nuoret ovat siinä iässä jo melkein kuin aikuisia, ainakin ruumiinvoimien puolesta.

– Siinä se juuri onkin, sanoi Maikki. – Ruumis on jo iso ja vahva kuin aikuisella miehellä, mutta pää on vielä kuin pikkupojalla. Kai ihmisten hakkaaminen on niille vain kuin leikkiä, niin kuin meille siinä iässä oli omenavarkaissa käynti. Mutta sen Antin touhut, ne minä tutkin nyt.

Liisa totesi taas kerran, että Maikki oli päättäväinen nainen, mietti asioita hetken, mutta kun aika koitti, osasi päättää ja toimia ripeästi.

Maikin mentyä Liisa jäi vielä ulos. Hän huomasi, ettei ollut haravoinut kuin pari neliötä. Pihalla lehtiä oli yhä kasapäin ja lisää kai tulisi heti kun tuuli yltyisi. Yhtä kaikki, tuntui hyvältä, kun sai jonkun kanssa puhua hetken. Mitä se oli ihmisen elämässä, jos muutaman minuutin uhrasi puhumalla jonkun kanssa. Yhtä turhaa vuodatusta tuli katseltua televisiosta ja kuultua radiosta aamusta iltamyöhään. Ei niistä kai mitään oppinut, jos kohta ei tullut

tyhmemmäksikään. Hän muisti jonkun sano-
neen, että joka päivä sitä ihminen oppii jotain
uutta. Hän ei keksinyt mitä oli tänään oppinut.

Mieltä painoi myös se, että oliko hän joten-
kin epäonnistunut perheen äitinä? Perhe oli
jotenkin hajalla, nyt vielä enemmän mitä
ennen. Antti ja Eeti touhusivat tahoillaan pal-
jonkin, mutta eivät tehneet mitään keskenään.
Eivätkä kertoneet hänelle, mitä suunnittelivat.

Jos Jaakko vielä eläisi, hän kyllä selvittäisi
mitä pojilla oli mielessä. Mutta Jaakko oli
kuollut ja jo sitä ennen vanhin poika oli
kadonnut Kanadaan, eikä sen jälkeen ollut
kotiin ilmestynyt. Pariin vuoteen pojasta ei
ollut kuulunut mitään, sitten oli sentään tullut
joulukortti. Vielä myöhemmin jopa kirjeitä,
mutta kirjeissä Mauno oli kertonut vain sen,
mitä Kanadassa tapahtui, miten hyvin itse
menestyi, ei kysellyt heidän kuulumisia. Tus-
kin Mauno olisi kotiin palannut käymään,
vaikka Eetille olisi käynyt vielä huonommin,
tuskin olisi tullut hautajaisiin, jos Eeti olisi
kuollut. Eihän Mauno ollut tullut edes Jaakon
hautajaisiin, vaikka Jaakko sentään oli
Maunon isä. Eetiä Mauno ei tainnut hyvin
muistaa, siksi nuori Eeti oli ollut Maunon
lähdettyä.

Isä Jaakko oli kuollut ja jo sitä ennen vanhin
poika muuttanut Kanadaan. Antti ja Eeti

hänellä vielä oli, mutta kulkivat toisistaan erillään. Kai joulu oli ainoa aika vuodesta, jolloin miehet sietivät toisiaan useamman tunnin. Mutta jouluun oli vielä aikaa.

15.

Kotona Maikki tutki talon kellarista ullakolle, mutta haulikkoa ei löytynyt. Ei hän pihaltakaan löytänyt sellaista piiloa, mihin voisi haulikon piilottaa. Lapset seurasivat touhua uteliaina ja kun tulivat liian uteliaiksi, Maikki teki päätöksen, soitti ensin äidilleen, sitten siskolleen ja pienen ajan päästä lapset pääsivät siskon kyydittäminä mummolaan. Lapset jäivät käsitykseen, että itse jotenkin ansaitsivat pienen loman mummon luona.

Hänen piti nyt miettiä aviomiestään Anttia. Hän tunsi jo miehensä niin läpikohtaisesti, ettei tätä vuosiin ollut huomioinut lainkaan. Vasta Eetin pahoinpitelyn jälkeen hän oli huomannut, että Antissa oli jotain muuttunut.

Hänen piti ajatella miestään ja perhettään. Hänellä oli kaksi lasta, Josuli ja Ulpukka, poika kuuden vanha, tyttö vasta neljän. He olivat pieniä ja hentoja olentoja, kuten kaikki sen ikäiset lapset. Heidän luonteistaan hän ei osannut vielä arvata paljoakaan, ei edes sitä tulivatko enemmän häneen vai isän sukuun. Sen hän näki, että poika oli aika äkkipikainen ja määräilevä, muistutti vähän Maunoa, ei kuitenkaan niin paljoa, että Antti sitä koskaan hoksaisi. Nuorempi lapsista oli varmasti Antin tekemä, vanhemmasta hän ei ollut varma. Samaa sukua poika kuitenkin oli, ellei ollut Antin tekemä, oli Maunon alulle panema.

Tytär oli säyseämpi, mutta niin kai tytöt usein olivat. Ulpukka aivan varmasti oli Antin tekemä.

Hän uskoi, että he tulisivat pärjäämään koulussa aivan hyvin. Älyssä heillä ei mitään vikaa ollut, siinä he molemmat olivat tulleet häneen.

Siksikin hän tunsi olevansa vähän kuin vastuussa Antista ja siitä ettei tämä syyttään ajaudu ahdinkoon. Hän oli raskaana ollessaan saanut Antin ansaan ja liekaan, vaikka ei ollut varma siitä, että lapsi oli Antin. Antti kuitenkin oli mies, joka kävi säännöllisesti töissä ja toi rahat kotiin, ei juopotellut, ei tuhlannut rahoja mihinkään muuhunkaan. Pienistä vioistaan huolimatta Antti oli mies paikallaan, tai ainakin yritti sitä olla. Hän voisi ikään kuin hyvittää sen, että Antti elätti lasta, jonka isä ei ehkä ollut.

Hänellä oli kaksi lasta ja hän päätti, mitä nämä söivät, mitä pukivat ylleen ja mitä koulua aikanaan kävisivät ja mitä heistä aikuisina tulisi. Lasten isä Antti Jaastari saisi olla mukana kaikessa, paitsi ei päättämässä.

Ja lapset, niin, he olivat vain syntyneet. Ei hänellä ollut mitään tarkoitusta koskaan lapsia tehdä, se oli vain käynyt niin. Ei hän muistaakseen ollut koskaan halunnut lapsia, ei halunnut ruveta kotiäidiksi. Hänen oma äiti oli synnyttänyt neljä lasta, äidin sisko viisi. Itse asiassa kaikilla hänen tuntemilla naisilla oli lapsia, useimmilla enemmän kuin hänellä. Mutta hän ei sitä ollut halunnut, se oli vain tapahtunut. Hän itse kun oli elänyt suht villiä elämää siihen asti, kunnes tuli raskaaksi.

Kaksi lasta hänellä oli ja heitä piti suojella ja puolustaa, helliä ja hoivata. Kaikkia pieniä ja heikkoja piti puolustaa ja heidän perään piti katsoa, kuten pieniä lapsia, vanhuksia ja sairaita. Tuohon ryhmään kuuluvaksi hän laski myös Eetin ja Antin.

Kesken pohdintojen hän saattoi ykskaks nousta, käydä komerossa tutkimassa sen pimeimmän kolkan, tai kävellä ulos taskulamppu kädessä, kurkistaa talon alle kivijalassa olevasta aukosta. Haulikkoa ei löytynyt, ei mitään muutakaan hälyttävää.

Heikkoja piti puolustaa, niin sanoi järki, niin sanoivat myös hänen geenit. Hänellä itsellä oli ollut turvattu lapsuus ja nuoruus ilman huolia ja murheita. Ja vaikka nuorena oli elänyt varsin villisti ja vapaasti, oli kotiovi aina auennut hänelle, pöydässä oli aina ruokaa häntä varten, oli myös pehmeä vuode puhtaine lakanoineen häntä odottamassa. Ja aineellisen hyvän lisäksi oli ollut äiti tai isä aina paikalla valmiina kuuntelemaan, neuvomaan, auttamaan. Hän ymmärsi, että niin oli ollut myös hänen omilla vanhemmillaan, sikäli kun hän heidän muisteloitaan oli viitsinyt kuunnella.

Hän oli lapsesta pitäen ollut tarmokas ja päättäväinen, oli jopa ylpeä siitä, kertonut monesti tuttavilleen, että oli toiminnan ihmisiä. Koulut ja virastot eivät olleet häntä varten. Hän oli jo lapsena oppinut sen, että asiat pitää hoitaa itse, muutoin niitä ei mieleisekseen saa.

Samassa hän tajusi, että hänellä olisi lähipäivinä paljon tekemistä. Ensin hän päätti soittaa kaikille tuttaville kylällä ja pyytää näitä ilmoittamaan hänelle heti kun Antin jossain näkisivät.

Heikkoja pitäisi puolustaa, niin sanoivat hänen geenit. Hieman häntä huoletti se, miten Eeti pärjäisi. Jonkun pitäisi olla Eetin seurana, olisi aina pitänyt olla. Nytkin poika kai istui yksin järvenrannalla onkimassa, eikä kuulemma ollut vielä saanut edes matoa koukkuun. Jonkun pitäisi istua Eetin vierellä ja jutella jotakin vaan. Mutta mitä se Antti teki? Kulki vain pitkin kyliä yökaudet, ei käynyt kotonakaan muuta kuin kääntymässä. Jonkun juoppoporukan mukana mies oli kuulemma iltakausia viettänyt. Muistiko Antti Eetiä enää ollenkaan?

Mieleen tuli se, mitä Liisa oli sanonut Antista ja siitä, että tämä olisi aikonut ajaa nuorisolauman yli. Siksikö Antti ajeli edestakaisin kylällä, että voisi jossain vaiheessa ajaa jonkun nuoren pukarin yli. Se ei tuntunut kovin hyvältä suunnitelmalta. Hankalaa olisi autolla osua vain yhteen tai kahteen nuoreen, kun nämä liikkuivat tiiviinä, suurena laumana. Varsinkin kun ei tiennyt varmasti, kehen pitäisi osua. Eeti oli selostanut hänelle sen päivän tapahtumat, eikä Eeti ollut nähnyt kuka häntä oli ensin lyönyt, muista lyönneistä ja potkuista ei tiennyt senkään vertaa.

Se mitä oli tavannut muita pahoinpideltyjä ja näiden omaisia, ei hän näiltä mitään apua osannut odottanut. Komuvaaran hän oli tavannut puistossa, oli istunut penkille tämän viereen. Komuvaara oli tuntunut vielä masentuneemmalta kuin mitä Eeti oli. Mies oli pälyillyt ympärilleen kuin odottaisi jonkun vaanivan häntä. Puhuessaan mies oli tuijottanut kenkiään.

”Minulla on vaimo ja kaksi lasta. Ne lapset, ne kun saisin saatetuksi aikuisiksi, en minä muuta mitään. Ei minusta olisi väliä, mutta pikkulapset. Minun vammat, kylkiluut ovat parantuneet niin kuin nyt luut paranevat. Eiväthän nekään ihan entiselleen ikinä tule. Sisäelimet toimivat mitenkuten. Kyllä niiden kanssa elää, kun on pakko. Niskanikamissa vielä jotain on ja kallon sisällä on mitä on. Sitä ei kai lääkäritkään tiedä mitä siellä on, onko pelkkää pas... Kyllä kai minä töihinkin vielä pystyisin, mutta kun ei mitään töitä ole.”

Samanlaisia tuntuivat olevan muutkin Ranttalin ja Iivanan pahoinpitelemät ihmiset, lyötyjä miehiä, olivat ehkä olleet lyötyjä jo ennen kuin joutuivat lyödyiksi. Turpulainen ei ollut päästänyt häntä edes sisälle, oli vain verhojen raoista pälyillyt ulos. Ei heistä olisi pukarilaumalle vastusta. Heidän sukulaiset ja tuttavat, he kyllä uhosivat toisinaan, mutta eivät tehneet mitään.

16.

Kun hän oli Anselmin kanssa palannut viinakaupasta ja nähnyt nuorisolauman pururadalla vain parinkymmenen metrin päässä, hän oli ollut aikeissa ajaa näiden yli, ennen kuin oikein tajusikaan mitä oli tekemässä. Se oli tullut kuin salama kirkkaalta taivaalta, ajatus ajaa nuorten pukareiden yli autolla. Käsi oli nykäissyt rattia ja auto kääntynyt. Hän olisi ehkä tehnytkin sen, ellei nuoria olisi ollut niin paljon ja ellei Anselmi olisi hätkähtänyt niin rajusti, että hän siitä havahtui.

Silloin hän oli jopa vähän pelästynyt omia mielitekojaan. Muutama aivan syytön nuori olisi saattanut jäädä auton ruhjomaksi. Sellaista hän ei tunnolleen halunnut.

Mutta nyt se tuntui paremmalta ajatukselta, ajaa pukareiden yli autolla. Voisiko autolla ajaa ihmisen päälle niin, että vain muutama luu murtuisi. Vauhdin pitäisi olla juuri sopivan hiljainen, puskuri katkoisi jaloista luut ja kaataisi uhrin, mutta auto ei liukuisi kokonaan uhrin päälle.

Jos ajaisi kuoliaaksi jonkun, poliisit ehkä tutkisivat asiaa hyvinkin tarkasti. Miltä se kuulostaisikaan oikeussalissa, jos hän ajaisi veljensä mukiloineen pukarin hengiltä. Ainakin teeveen rikossarjoissa etsivät kasaisivat siitä kokoon murhasyytteen.

Jos vain sopiva tilaisuus ilmestyisi eteen, hän voisi ajaa vain niiden pahimpien pukareiden yli, tönäisisi autolla näitä vain sen verran, että päätyisivät sairaalaan. Ei ajaisi kenenkään muun päälle, yrittäisi varmistaa, ettei muita ole lähelläkään. Pitäisi vain löytää aika ja paikka, jolloin Ranttali ja Iivana olisivat liikkeellä yksin tai kaksin.

Se tuntui hyvältä tuumalta. Jos pukarit kertoisivat hänestä poliisille, niin vaikea näiden olisi todistaa sitä, että juuri hän oli ajanut autoa. Ja jos pukareilta vain vähän luita katkeaisi, niin tuskin poliisikaan mitään suuretsintää järjestäisi moisen asian takia. Olisivat kai vain tyytyväisiä siitä, että jokunen pukari on sairaalassa jonkin aikaa. Mutta hyvä olisi, jos ei silminnäkijöitä paikalla olisi.

Mielessä vilahteli heti kuvia, missä voisi pukareita autossa vaania. Pitäisi olla sellainen paikka, missä ei herättäisi huomiota, missä voisi vaania pukareita niin että itse olisi piilossa. Ehkä tori olisi sopiva paikka siihen. Sitä kautta pukarit jostain syystä iltaisin aina kulkivat. Auton ajaisi jonnekin pimentoon, minne katulamput eivät yltäneet ja sitten vain odottaisi, että pukarit astelevat torille auton eteen. Kun auto oli pimeässä, ja pukarit valossa, tuskin näkisivät edes auton väriä, saatikka merkkiä.

Hän kiirehti saman tien autotalliin. Siinä se seisoi, kermanvärinen Opel Corsa. Sellaisia kai liikkui Suomen maanteillä tuhansittain, paitsi ei ehkä kermanvärisiä. Mutta pimeässä ei kukaan ehkä väriä panisi merkille. Silmiin osui auton rekisterikilpi. Se kai pitäisi muuttaa toiseksi tai ainakin peittää. Hän löysi mustan, rikki mennen auton sisärenkaan, leikkasi siitä sopivan osan. Sen hän venytti auton rekisterilaatan päälle. Se pysyi paikalla tukevasti. Sen jos maalaisi valkoiseksi ja piirtäisi päälle mustalla jotain vain numeroita ja kirjaimia, se hämärissä kävisi aidosta rekisterikilvestä.

Tuntui hyvältä päästä taas touhuun mukaan. Hän ehkä sittenkin pystyisi itse hoitamaan asian, ei tarvitsisi avuksi edes Anselmia ja tämän kodinturvajoukkoja.

Kun oli jättänyt känniläiset hiekkakuopan reunalle epäonnistuneen sotaretken päätteeksi ja lähtenyt kotiin, oli hän monen päivän ajan ollut masentunut. Oli vain ollut pakko myöntää, ettei hän pärjäisi pukareille pukareiden keinoilla. Niin masentunut hän oli muutaman päivän ollut, että oli aivan hilkulla, ettei itse sortunut juopottelemaan.

Sen jälkeen hän ei noita juopottelevia ihmisiä ollut tavannut ollenkaan. Monta päivää hän oli masentuneena vain miettinyt ja miettinyt. Oli ollut pakko myöntää, että ei hänestä sellaiseen ollut, johtamaan joukkoa pukareita vastaa.

Kun oli ehdottanut Anselmia kodinturvajoukkojen päälliköksi, oli masennus hieman hellittänyt. Lisäksi tuntui aivan siltä, että kaikki muutkin olivat tyytyväisiä, kun eivät itse joutuneet käsiään likaamaan. Anselmi Kuurula voisi tehdä työn heidän puolesta, tuo muualta muuttanut juureton mies.

Hän oli kuvitellut, että Anselmi innostuisi ja ryhtyisi saman tien kasaamaan joukkoa, mutta Anselmi se vaan jahkaili. Nyt jo epäilytti, että olisiko Anselmista siihen? Oliko hän taas yllyttämässä lammasta susia vastaan taistelemaan. Tuo suurisuinen mies Suolammelta saisi pikaisesti näyttää, mikä oli miehiään. Jos ei Anselmi pukareita kuriin saisi, kai sentään sulkisi suunsa.

Mutta ehkä hän sittenkin kostaisi itse pukareille, kostaisi omilla keinoillaan, ei yrittäisikään pukareiden keinoja. Eikä hän tarvitsi siihen Anselmin apua.

Tuntui niin hyvältä ryhtyä johonkin.

Illalla hän ajoi auton kylälle. Oli hämärää, oli hiljaista. Vain muutamia nuoria kulki kylällä. Hän löysi autolle paikan varjosta. Siitä oli hyvä yhteys valaistulle torille. Lähellä oli vain taksikoppi ja kioski, mutta ei yhtään taksia ja kioskikin oli kiinni, kuten myös lähistön kaupat.

Piti vain odottaa, että Ranttali tai Iivana tai molemmat ilmestyvät paikalle. Hän sielunsa silmin näki miten nämä lähtevät ylittämään toria. Kun pukarit olisivat keskellä toria, hän kiihdyttäisi auton vauhtiin, ajaisi päin poikia, jarruttaisi aivan viime hetkellä. Ehkä hän ei heti ajaisi poikien päälle, odottaisi että nämä tointuvat säikähdyksestä ja lähtevät pakoon, sitten hän kolhisi autolla poikien kantapäille niin että kaatuisivat, ajaisi sitten jalkojen yli. Luita siinä takuulla katkeaisi.

Hän näyttäisi nyt koko kylälle, että Jaastareiden silmille ei hypitä. Isän kuolemasta ja Maunon Kanadaan muutosta huolimatta Jaastareiden pesue oli voimissaan.

Hänelle ei koskaan ollut täysin selvinnyt, mistä isän ja Maunon riita sai alkuunsa. Sen hän tiesi, että se päättyi raakaan tappeluun, jonka Mauno hävisi. Hän oli silloin arvellut, että riita johtui Maunon tuoreesta vaimosta, joka sattui olemaan mustalainen. Merita tosin muutoin oli mitä herttaisin nainen, mutta mustalainen ja se ei tuntunut sopivan Jaakolle, vaikka ei isä sitä ainakaan hänen kuullen suoraan sanonutkaan. Mutta johtuipa tappelu mistä tahansa, sen tappelun seurauksena Mauno keräsi kimpsunsa ja lähti, lähti niin nopeasti, ettei hän asiasta enää voinut Maunolta kysyä. Isältä hän ei uskaltanut kysyä ja arvasi, ettei äiti mielellään hänelle isän asioista kertoisi.

Vasta paljon myöhemmin, isän jo kuoltua, äiti oli kertonut, että Mauno tahtoi elämältä enemmän kuin mitä Jaakko tahtoi antaa. Mauno olisi tahtonut käydä vielä kouluja, vaikka oli isän mielestä jo parhaassa työiässä.

"Jaakko kai tahtoi, että pojasta, varsinkin vanhimmasta pojasta tulisi aivan kuin hänkin", kertoi äiti. "Sellainen Jaakko vaan oli. Ei se sillä mitään pahaa tahtonut Maunolle, se vaan tahtoi, että maailma pysyisi samanlaisena aina. Se kai olisi tahtonut, että Mauno vaan metsästäisi ja kalastaisi, kävisi ehkä jossain rakennuksilla töissä, milloin rahasta tiukkaa tekisi. Menihän Jaakko itsekin heti sitten oikeisiin töihin, kun Mauno meille syntyi. Se kai tahtoi, että Mauno jatkaisi siitä mihin se itse oli jäänyt, metsästäisi ja kalastaisi. En kyllä sitä tajua, miksi siitä oikein tapella piti. Ei Jaakko semmoisia minulle kertonut, ei kertonut mitään muutakaan. Mutta Mauno olisi halunnut opiskella, ainakin ylioppilaaksi ja insinööriksi ja ties miksi muuksi. Olisi kai tahtonut elää isän elättinä siihen asti, kunnes on valmis. Siitä ne riitelivät usein ennenkin. Siitä se Jaakko kai suuttui, kun Mauno sanoi, että ollaan ihan takapajulaisia. Sanoi ettei näin pienissä järvissä ja metsissä riitä riistaa niin että sillä perheen elättäisi. Sanoi että me ollaan pienten mittojen ihmisiä. Sitten vielä tappelivat ja Mauno lähti, lähti Kanadaan asti. Onko se Kanadaan muutto sitten jotenkin suurempaa? Enkä tiedä, että oliko sillä sen tuoreella morsmaikulla siellä Kanadassa jotain sukua. Mutta sinne menivät, eivätkä takaisin ole tulleet."

Maunosta ei vuosiin kuulunut mitään ja jonkun ajan päästä isä oli kuollut. Ei tullut Mauno edes hautajaisiin, mutta piti sen jälkeen sentään äitiin yhteyttä kirjeillä ja myöhemmin kai sähköpostilla.

Nyt perheen miesväestä oli jäljellä enää hän, ellei Eetiä laskettu mukaan, eikä hän koskaan ollut Eetiä mukaan laskenutkaan.

Joku auto kurvasi parkkipaikalle. Se oli taksi, hän näki peileistä. Mutta auto ei mennyt taksikopille, tuli aivan hänen auton taakse, pysähtyi. Hän vajosi syvemmälle istuimellaan niin ettei häntä nähtäisi. Hetken päästä kuului, kun auton ovi suljettiin. Ei kuulunut muuta. Hän odotti hiljaa, odotti kuulevansa askeleita, tai moottorin äänen, kun auto ajoi pois. Joku koputti ikkunaan.

Hän näki lasin läpi vaimonsa.

Kun avasi ikkunan, Maikki sanoi:

– Mene sinne pelkääjän puolelle istumaan. Minä otan nyt ohjat meidän perheessä.

Maikki näytti taksille jonkun merkin ja taksi ajoi pois.

Hän totteli nöyrästi, siirtyi pelkääjän paikalle. Oli hetken tunne kuin olisi pahanteosta kiinni jäänyt pikkupoika.

– Mistä arvasit missä minä olen, hän kysyi.

– Jauhiaisen Lissu oli ajanut tästä ohi ja nähnyt meidän auton. Ei se sinua nähnyt, mutta soitti kuitenkin minulle. Arveltiin että jossain täällä sinä olet. Nyt vielä, kun viitsisit kertoa, että mitä helvettiä sinä täällä teet?

Kaikki into ja toiveikkuus katosivat samassa, hän oli samassa taas yhtä masentunut kuin sen epäonnistuneen sotaretken jälkeen. Hän kertoi Maikille, mitä oli aikonut.

– No et sinä sitten ihan turha mies olekaan, Maikki sanoi. – Olisin minä kyllä vähän muuta odottanut, jotain vähän sankarillisempaa. Mutta että jotain sentään osaat suunnitella.

Hän aikoi vielä selittää jotain, mutta samassa joku hahmo ilmestyi torin toiselle laidalle. Kun tuli valoon, hän tunnisti hahmon. Se oli Iivana. Juuri sitähän hän oli odotellut, että Ranttali tai Iivana sattuisivat auton eteen ja mieluummin yksin tai kaksi. Nyt Iivana näytti olevan aivan yksin, muu osa joukkiosta ties missä. Juuri tätä vartenhan hän paikalla oli. Mutta paikalla oli myös Maikki, joka istui paikalla missä sijaitsevat ratti ja kaasupoljin.

Iivana lähti ylittämään toria. Maikki käynnisti auton, työnsi vaihteen paikalleen. Antti koetti etsiä katseella Ranttalia ja muita nuoria, mutta muita ei ollut näkyvissä. Iivana käveli yksin torille ja valoihin, kulki kuten aina, kuin olisi huoleton kovanaama. Iivana kävelytyyli toi hänen mieleen jonkin vanhan lännenelokuvan, jossa sankari, luultavasti John Wayne tai Clint Eastwood käveli katua samalla tyylillä.

Maikki painoi kaasua, päästi kytkimen. Auto kuin pomppasi eteenpäin. Maikki ohjasi auton kohti Iivanaa. Tämä kai huomasi auton tulon, mutta jatkoi matkaa. Maikki painoi lisää kaasua. Iivana pysähtyi. Auto lähestyi pukaria nopeasti, mutta Iivana ei tehnyt mitään väistääkseen, kääntyi kohti autoa, seisoi kuin halvaantuneena. Auton valoissa näki selvästi pojan hölmistyneen ilmeen. Iivana nosti kädet kasvojen eteen, ehkä valojen sokaisemana, laski ne sitten alemmas aivan kuin aikoisi käsillään torjua autoa. Pukari näytti kauhistuneelta, oli vain kuin pieni, pelokas poika.

Maikki jarrutti ja auto pysähtyi aivan Iivanan eteen. Sitten Maikki taas painoi kaasun pohjaan, mutta ei päästänyt kytkintä ylös. Pukari säntäsi pakoon ja Maikki ajoi aivan kannoilla, kunnes pukari torin laidalla juoksi pusikkoon.

Antti nousi autosta. Ilmassa tuntui paskan lemu.

– Se lähti kuin pieru perseestä, hän sanoi. – Haju vaan jäi.

– Ihan oikein sille, sanoi Maikki.

Hän jäi paikalle pitkäksi aikaa, katsoi vain pusikkoa, minne Iivana oli kadonnut. Pukari oli näyttänyt aivan pikkulapselta. Hän muisti miten Iivana aikoi käsillään torjua auton. Se oli näyttänyt huvittavalta, aivan pikkupojan eleeltä.

– Minä olisin kyllä ajanut yli, hän sanoi, kun astui autoon.

– Tämähän on paljon parempaa kuin yli ajo, Maikki sanoi. – Takuulla tuo poika muistaa lopun ikäänsä, miten lähellä kuolemaansa käveli. Veikkaan että siltä meni paskat housuihin. Kai näit, miten se jalat harallaan juoksi pois. Ja lemuaahan se vieläkin, paska. Tuskin poika kehtaa nenäänsä näyttää kylillä vähään aikaan.

– Mutta kyllä minä olisin ajanut päälle, ainakin sen verran että luita menee poikki, Antti sanoi. – Olisin ainakin sen verran kolhaissut, että olisi ollut sairaalassa yhtä kauan kuin Eeti.

– Ja olisit päätynyt itse vankilaan. Olisit saanut siitä ties miten pitkän tuomion. Nyt ei kukaan joudu tuomiolle ja tuo pukari pysyy kyliltä pois ehkä lopun ikäänsä.

– Mutta onhan niitä ainakin toinen samanmoinen jäljellä.

– Ei kai me voida kaikkia asioita hoitaa. Hoitakoon joku toinen muut pukarit, vaikka se Anselmi, päällikkö Anselmi.

17.

Uni ei tullut silmään, ei vaikka mitä yritti. Päässä kulki aivan liikaa ajatuksia, ikäviä ajatuksia. Hän oli aikonut ennen viikonloppua päättää, että ryhtyisikö hän perustamaan kodinturvajoukkoja vai ei. Käynti Suolammella ei ollut siihen asiaan tuonut valaistusta ollenkaan, pikemminkin päin vastoin. Kaikki oli entistä sekavampaa. Kun oli joskus muinoin perintörahojaan sijoittanut osakkeisiin sun muihin kohteisiin, hän oli tajunnut, että piti olla jokin suunnitelma, jokin strategia. Samalla hän oli tajunnut senkin, että myös elämässä voisi olla jokin strategia. Nyt hän ei vain keksinyt miten toimisi, jos kodinturvajoukon perustaisikin. Mitä hän tekisi sitten? Pitäisikö hänen pitää puhe ja kertoa mitä aikoi, vaikka ei itsekään tiennyt mitä aikoi. Pitäisikö ilmoittaa viranomaisille, että sellainen ryhmä on perustettu? Pitäisikö antaa medialle haastatteluja? Vai kulkisiko hän vain joukkojen edessä sinne tänne ja mukiloisi nuorisoa illan hämärtyessä, milloin näitä kohdalle osuisi. Mitä tekisi päivisin? Pitäisikö kulkea kylällä sinne tänne, julistaa jotain sanomaa, esiintyä johtajana. Se kaikki oli vielä hämärän peitossa.

Toisaalta hänhän voisi ensin perustaa kodinturvajoukon, valita siihen miehistä parhaimmat ja pyytää heiltä neuvoja. Hän voisi ensin tehdä ja miettiä vasta sitten, kuten oli nuorena usein toiminutkin. Jos hän pystyisi kylän rauhoittamaan, hän olisi osansa tehnyt. Ainakin hän myöhemmin voisi sanoa, että hän sentään yritti.

Hänen pitäisi nyt vain päättää asiasta, kertoa siitä muille. Hänen pitäisi harkita asiaa kaikilta kanteilta ja sitten tehdä päätös, kulkea sitä tietä johtipa se minne tahansa.

Mutta mitä sitä mitään harkitsemaan pystyi, kun päässä kulki aivan muita asioita. Kerta toisensa jälkeen mieleen tuli kysymys, missä oli hänen haulikko? Kuka sen oli vienyt? Ei se voinut savuna ilmaan kadota.

Hän oli viimeksi aseen nähnyt syntymäpäivillään. Silloin oli ollut paljon väkeä paikalla ja heistä kuka tahansa aseen oli nähnyt, olisi voinut koskeakin siihen, mutta kuka sen oli voinut viedä talosta kenenkään näkemättä.

Hänhän oli silloin siirtänyt aseen seinältä komeroon, kun se tuntui kiinnostavan niin monia ihmisiä. Ensin sen oli huomannut Santtu. Hän ei sitä silloin ollut enempää ajatellut, mutta myöhemmin tuli mieleen ajatus, että aikoiko Santtu haulikolla ampua sitä, jonka uskoi veneensä rikkoneen. Kovalta kostolta se tuntui, mutta kuka saattoi tietää, mitä Santtu ajatteli tai mitä aikoi.

Myös Antti oli kiinnostunut haulikosta, katsellut sitä pitkään ja hartaasti. Se toi mieleen ajatuksen, että Antti ampuisi haulikolla niitä nuoria pukareita, jotka Eetin olivat mukiloineet. Ehkä Antti voisi ampuakin, sen sijaan oli vaikea uskoa, että Antti varastaisi aseen. Sellainen ei ollut Antin tapaista, ei kenenkään Jaastarin tapaista. Sitä oli Liisakin vakuuttanut. Olisihan Antti kai aseen saanut muutenkin jostain, joko luvallisen tai luvattoman.

Ja olipa vielä Liisakin huomannut, että hän oli aseen siirtänyt piiloon. Voisiko Liisa jotain kostoa miettiä. Osaisiko Liisa edes käyttää haulikko? No, ehkä Jaakko oli opettanut vaimonsa asetta käyttämään.

Ja olihan silloin paikalla ollut myös Eeti, sikäli kuin hän oikein muisti. Eetihän kai tuli jo aikaisin äitinsä kanssa, mutta ei hän itse Eetiä ollut nähnyt. Vai oliko hän nähnyt Eetin kahvipöydässä, tai saunassa. Paha oli muistaa sellaista. Mutta niinhän se olikin, että Eetihän se oli lämmittänyt saunan, hänen tai jonkun muun pyynnöstä. Eeti oli myös seuraavana aamuna tullut Liisan kanssa ja oli siivonnut saunan.

Mutta oliko haulikko silloin jo kadonnut?

Ei Eeti kuitenkaan ollut osoittanut mitään kiinnostusta haulikkoa kohtaan. Mutta toisaalta tuntui, että se joka aseen oli vienyt, ei kai näyttäisi kiinnostustaan etukäteen.

Kaiken lisäksi haulikon olivat nähneet kai kaikki vieraat, jotka paikalla kävivät ja heitä oli ollut paljon. Itse asiassa miltei kaikki olivat tulleet paikalle ennen kuin hän piilotti haulikon. Hänen ollessa matkojen päässä viinakaupassa, olisi kuka tahansa vieraista voinut hänen asunnon tutkia, suunnitella varkauden illaksi tai yöksi tai hetkeksi, jolloin hän ei ole kotona.

Ja mitä tapahtuisi, kun varas käyttäisi asettaan. Paikalle tulisivat poliisit ja hänetkin sotkettaisiin tapaukseen, olipa hän kodinturvaajien päällikkö tai ei. Ei hänellä edes ollut lupaa asetta pitää.

Ties monennenko kerran sinä yönä hän nousi vuoteenreunalle istumaan, katseli hetken vastapäistä seinää, sitten varpaitaan. Hän oli kadonneesta haulikosta kysynyt Santulta ja Liisalta, mutta nämä vakuuttivat syyttömyyttään. Anttia hän ei vielä ollut tavoittanut. Jos hän ryhtyisi kodinturvaajien päälliköksi, kai nuo kolme sinne pitäisi saada mukaan, Liisa vaikka kahvia keittämään, Santtu tekemään jotakin vaan.

Kello oli vasta kaksi yöllä. Hän päätti silti nousta ylös, odottaa aamua keittiössä kahvikupin seurassa. Ensin hän kuitenkin asteli ulos ja saunan eteen, kääntyi katsomaan taloa. Talo oli pieni ja vanha, pikemminkin vain mökki ja oli hänen siihen muuttaessa ollut huonokuntoinen. Mutta hän oli remonttitaitoinen mies luojan armosta. Koskaan hän ei ollut tarvinnut remonttimiehen apua. Häneltä sujui työ kuin työ, kun vain sai tarpeeksi aikaa miettiä ja tehdä työ pieni pala kerrallaan. Niin hän oli mökkiä kunnostanut pala palalta, nikkaroinut ja maalaillut. Nyt se hänen mielestä näytti hyvältä ja jos sen myisi, saisi hän takuulla paremman hinnan kuin mitä siitä oli itse maksanut.

Hän usein ajatteli, että jos lapsuus ja nuoruus olisivat sujuneet toisin, vaikkapa koulunpenkillä ahkeroiden, hän voisi nyt olla vaikka rakennusmestari.

Hän oli kunnostanut talon, mutta ei hänellä ollut muuta tarkoitusta kuin asustaa siinä yksikseen, kunnes muuttaa muualle. Hän kun oli vain kuiva lehti tuulessa, oli sattunut tipahtamaan siihen. Miten hän olikaan juuri sille paikalle tipahtanut. Hän muisti sen vain hämärästi. Muutettuaan Suolammelta pois, hän oli aluksi vain kulkenut sinne tänne, nukkunut missä sattui, syönyt mitä sattui löytämään. Sitten hän oli eräässä kapakassa tutustunut erääseen mieheen, Juutilainen nimeltään. Oli sitten yhdessä juopoteltu useita päiviä. Juutilaisella oli omakotitalo, jota asui yksin ja sen lisäksi saunarakennus, jota oli rakentanut asunnoksi. Juutilainen oli hänelle vuokrannut saunan nimellistä korvausta vastaan. Kesä siinä oli rattoisasti kulunut, kalastellessa ja juopotellessa. Syksyllä Juutilainen oli sairastunut, oli sairaalassa käynyt useita kertoja. Hän oli jäänyt yksin miettimään ja vasta silloin hänelle oikeasti selvisi, miten suuren perinnön oli saanut. Kun Juutilaisen sairaus oli todettu syöväksi, mistä ei paljoa paranemisen toiveita ollut, piti hänen suht kiireesti muuttaa pois.

Tuon jälkeen hän oli jonkun aikaa elänyt kylän kaljabaarissa, nukkunut öisin päänsä selväksi läheisessä ladossa, missä ei ollut edes olkia pehmusteeksi, vain jotain rojua. Baarissa käymien keskusteluiden ansiosta hän oli löytänyt nykyisen asuntonsa, ostanut sen miltei saman tien yhtään tinkimättä ja muuttanut.

Juutilaista hän ei koskaan enää tavannut, kuulemma oli kuollut jo samana talvena.

Hän oli ostanut oman talon, mutta elänyt silti kuin kuiva lehti tuulessa. Mutta jos ryhtyisi kodinturvaajien päälliköksi, kai viimeistään nyt juurtuisi sijalleen.

Mieleen tuli taas kadonnut haulikko. Hän kävi sisällä, veti verhot ikkunoiden edestä syrjään, palasi taas ulos. Kun verhot eivät olleet edessä, pihalta näki hyvin olohuoneeseen, näki paikan missä haulikko oli ollut ennen kuin hän siirsi sen komeroon. Kuka tahansa, joka silloin kävi saunassa, oli saattanut nähdä, kun hän ottaa haulikon seinältä ja vie sen komeroon. Päivällä aurinko valaisi hyvin koko olohuoneen. Eikä pelkästään saunan luota, olohuoneeseen näki myös maantieltä ja tien toisella puolella kasvavasta metsiköstä. Aivan kuka tahansa paikalla kulkeneista saattoi tietää, että hänellä haulikko oli ja aivan kuka tahansa saattoi myös nähdä, kun hän siirsi sen piiloon. Metsikössä saattoi kuka tahansa kenenkään näkemättä vakoilla, että milloin hänen asunto on asukkaista tyhjä.

Hän palasi keittiöön kahville, mutta kahvi ei tuonut selvyyttä mihinkään asiaan. Hän päätti lähteä kävelylle. Yö oli pilvinen ja oli vähän sumuakin. Kun alkuun pääsi, hän päätti kävellä kylälle asti, vaikka matkaa oli hyvinkin pari kilometriä. Suolammella asuessaan hän oli usein kävellyt sellaisia matkoja öisin tai varhain aamulla. Hetken tuntui, että Suolammella eläessään hän oli elänyt huoletonta aikaa.

Yhdessä kohtaa maantie kulki mansikka-maiden halki. Marjanpoimijat kai palaisivat paikalle heti auringon noustua. Nyt ei pelloilla ollut ketään. Kirkkailla ilmoilla sillä kohtaa hän aamutuimaan oli monesti nähnyt metsän eläimiä molemmilla puolilla tietä, rusakoita, peuroja, hirviäkin. Nyt oli vielä hämärää ja peltojen kohdalla sumu jo sakeni niin, ettei sen läpi nähnyt mitään. Mutta jotain hän kuuli: askeleita. Mutta askeleet tulivat tietä pitkin häntä vastaan. Hän seisahtui, katse haki pakoreittiä. Askeleet lähestyivät, hahmo tuli sumusta esiin. Hahmoja oli vain tuo yksi. Hän jäi sijalleen seisomaan.

Sumun takia hän ei tunnistanut tulijaa, se tuntui häilyvän kuin aaveena sumun keskellä. Kohta hän tajusi, että vastaan asteli ihminen, mies, nuori mies. Kun tuli lähemmäksi, hän näki edessään parinkymmenen metrin päässä Iivanan. Hän näki pojan niin selvästi kuin nähdä voi, mutta ei siltikään ollut ihan varma oliko poika Iivana. Olisi voinut olla Iivanan veli, jos tällä sellaista olikaan. Poika ei ollut aivan samannäköinen kuin aikaisemmin, mutta hän ajatteli, että ehkä sumu väpisti pojan hahmoa.

Vielä hän ennättäisi paeta, hän ajatteli, mutta jäi paikalleen. Jos hän ryhtyisi kodin-turvaajien päälliköksi, hän joutuisi kohtaa-maan Iivanan ennen pitkää, Iivanan ja

Ranttalin ja muita samanlaisia nuoria. Hän astui kiireesti samalle puolelle tietä kuin mitä Iivana lähestyi. Iivana ei näyttänyt sitä huomaavan, kulki samaa vauhtia kuin ennenkin, piti katseen tiukasti kiinni maantiessä. Iivanan ryhti oli oudon kumarainen, toi mieleen uitetun koiran. Hän jäi seisomaan jalat harallaan Iivanan reitille. Vieläkään Iivana ei tainnut huomata häntä.

Kun Iivana oli kymmenen metrin päässä, hän ajatteli hetken, että ehtisi vielä väistämään pukaria. Ympärillä näkyi vain peltoa, joka sekin katosi sumuun. Kukaan ei saisi tietää, vaikka hän väistyisi.

Kun Iivana oli viiden metrin päässä, hän sanoi:

– Seis! Mikä mies?

Iivana hätkähti, seisahtui. Poika oli kai kulkenut aivan ajatuksissaan, yllättyneenä horjahteli. Itse hän seisoi tukevasti paikallaan, antoi takin valahtaa auki, käänsi vähän vartaloaan kuten oli televisiossa nähnyt jonkun poliisin tekevän. Tuli vielä mieleen, että teeveen poliisilla oli aina aurinkolasit päässä, mutta ei kai nyt sentään yöllä sumussa.

– Minä vaan tässä... sanoi Iivana. – Kotiin.

Hänen sieraimiin tuli paskan hajua. Hetken hän tunsi riemua. Oliko pukari paskonut housuihin, kun joutui kohtaamaan hänet ilman toisten pukareiden apua?

– No mene nyt sitten, hän sanoi.

Iivana kulki aivan hänen vierestä ohi ja paskan haju voimistui ja hän oli varma, että pojalla oli paskat housuissa.

Iivanan kadottua näkyvistä Anselmi pyörsi ympäri ja palasi kotiin. Askel oli vetreä, olo oli kevyt. Pukari oli selvästi pelännyt häntä, jopa niin paljon että oli paskonut housuihin hänet nähdessään. Oliko paskonut silloin, kun hän käski pojan pysähtyä. Oliko hän oikein karjaissut käskyn? Poikahan oli pysähtynyt kuin seinään.

Se poika oli pelännyt häntä, samainen poika, joka oli pukaroinut koko pienen ikänsä, piessyt monen monta ihmistä sairaalakuntoon.

Ehkä hänessä sittenkin oli jotain, mitä ei muissa miehissä ollut. Ehkä Antti olikin kaukaa viisas, kun oli häntä ehdottanut kodinturvajoukkojen päälliköksi. Ehkä hän ei itse vain ollut tajunnut, minkälainen mies hän oikeasti oli.

Kotona piti mennä oikein peilin ääreen katsomaan, että minkälainen mies hän oikeasti oli. Pituutta oli metri ja kahdeksankymmentä, ehkä vähän ylikin, siltä ainakin sillä hetkellä näytti. Ruumis oli tukeva, hartiat suorat ja leveät kuin ladon ovet. Ja oli hänellä ruhossa myös voimaa. Vaikka ei ikinä varsinaisesti ollut töissä käynyt, oli hän silti puuhastellut kaikenlaista sekä jaloillaan että käsillään. Oli kävellyt paljon, oli soutanut paljon, oli metsästänyt, oli kalastanut, oli pilkkonut puita, oli lapioinut lunta. Koskaan hän ei ollut sairastellut pahasti, ei ollut saanut mitään ruumiinvammoja. Hän oli mies parhaassa kunnossa, parhaassa iässä. Vatsan seutu nyt näytti vähän löysältä, mutta piankos hän sen treenaisi kiinteäksi. Kyllä hän ainakin ruumiinkunnon puolesta sopisi hyvin kodinturvaajien päälliköksi.

Silloin hän sen päätti, hän ryhtyisi päälliköksi, hän pelastaisi kylän pukareilta ja pikkurikollisilta. Siitä lähtien hän olisi kylän täysivaltainen jäsen, osa kylän selkärankaa, tuki ja turva pienille ja heikoille.

18.

Hän ei kaivannut enää vuoteeseen, vaikka ei ollut silmäystäkään nukkunut. Ei tehnyt mielikään nukkua. Päässä myllersi liikaa ajatuksia. Piti suunnitella tulevaa, keitä pyytäisi kodinturvaajiin mukaan, keitä ei. Olo oli miltei riehakas aina siihen asti, kunnes muisti, että haulikko oli edelleen kateissa. Se tieto ajoi hänet uudelleen ulos kävelemään. Myös Santtu Kruuppa näytti olevan varhain jalkeilla, kulki pikkutietä jonnekin. Vaikka ei miehestä juuri pitänytkään, hän viittoili Santun luokseen.

– En saanut unenpäästä kiinni, Santtu kertoi. – Valvottaa välillä niin, etten tiedä mitä sitä tekisi. Vein tässä yks päivä Huopajärveen katiskan. Nyt meinasin käydä kattomassa, että onko siinä mitä kaloja. Kun se venekin makaa vielä pohjassa, eikä toista ole varaa ostaa.

– Eikö sinulla vene ole pihalla, olin näkevinäni. Eikö sitä voisi järveen viedä?

– No se on vanha vene. Maksaako vaivaa sitä järveen raahata. Kun vaan saisin selville, kuka minun veneen rikkoi, se saisi ostaa uuden tilalle.

– Mutta tule sisälle niin juodaan kahvit, sanoi Anselmi. – Minä olen tässä miettinyt ihan toisia asioita ja voisin oikeastaan kertoa, mitä minä olen suunnitellut.

Kahvipöydässä hän kertoi Santulle.

– Tämä nyt vain ihan meidän kesken, ihan epävirallisesti. Minä olen päättänyt, että perustan kodinturvajoukon tähän kylään.

– Jaa, sanoi Santtu. – Eikö sitä ole vielä perustettu. On siitä minulle kerrottu, Antti on kertonut ja Liisakin.

– Sitä on suunniteltu, mutta ei vielä muuta. Minä ajattelin, että sinähän voisit vähän auttaa siinä. Minä olen ajatellut, huom. vasta ajatellut, että meistä muutamasta ukosta tehtäisiin sen ryhmän runko.

– Mitä tarkoitusta varten semmoinen ryhmä pitää perustaa, kysyi Santtu.

– Niitä pukareita, niitä, jotka Eetinkin mukiloivat. Ne pannaan nyt kuriin ja nuhteeseen.

– Mutta nehän tappelee vastaan kuin vietävät.

Anselmi muisti yöllinen kävelyretken ja Iivanan, mieleen tulvahti lämpöä. Hän sanoi:

– Älä sinä siitä huolehdi. Minä semmoiset pukarit kyllä kuriin laitan, vaikka yksin jos niin tahdon. Mutta ajattelin, että jaettaisiin vastuuta, vaikka minä siinä päävastuun kantaisinkin. Ja voidaanhan sitten samalla muitakin rikollisia laittaa kuriin, vaikka veneen rikkojia.

– No nyt puhut asiaa.

– Minä olen ajatellut, että saataisiin ensin kasaan jokin ydinporukka, muita otetaan mukaan sitten myöhemmin, sitä mukaa kun tarvitaan ja miten luotettavia miehiä ryhmään saadaan. Siihen voi itse kukin pyytää toverinsa tai sukulaisensa. Mutta että keistä tehdään ryhmän ydin?

– No sinä kai siinä ainakin olet, naurahti Santtu.

– Minä ja sinä ainakin, mutta keitä muita?

– No Antti sinne ainakin on saatava. Ja Vertosen Jussi ja Lehmusvirta ja Viitasmäki.

– No niinhän sinä puhut kuin minun suulla, sanoi Anselmi, kaatoi Santulle lisää kahvia. – Tämä on minullekin siksi vieras homma, että sinun apu on tarpeen. Pitäisikö se Liisakin pyytää mukaa ja entä Eeti.

– Enpä osaa kuvitella Liisaa juoksemaan pukareiden perässä pitkin kylää.

– Liisa nyt vain siksi, että saadaan ruoka- ja kahvihuoltoa toimimaan. Entäpä Eeti?

– No Liisanhan voisi vaikka kahvinkeittäjäksi pyytää mukaan. Mutta se Eeti, en minä niinkään siitä tiedä. Minusta siitä pojasta ei ole mihinkään, ei ainakaan miesten töihin. Mutta entä se Uttinen, sehän ainakin puheissa on olevinaan mies paikallaan. Ja onhan siellä ne Karavuonon veljekset ja keitä siellä nurkissa luuraakaan. Voisihan niistä saada hyviä apureita.

Santtu innostui niin, että kohta oli kaikki mahdolliset nimet lueteltu. Innostuttiin myös suunnittelemaan tulevia aikoja. Santun mielestä kodinturvajoukoilla pitäisi olla jonkinlainen päämaja, missä kokoontua ja neuvotella, pitäisi olla jokin varasto tarvikkeita varten, jos nyt ei aseita, niin ainakin taskulappuja tarvittaisiin ja kumisaappaita ja mitä lie seipäitä lyömäaseiksi. Pitäisi myös olla ruokahuoltoa väsyneille joukoille. Entäpä miten kuljetuspuoli hoidettaisiin?

– Niitähän on sellaisia mönkijöitä, selitti Santtu. – Minun pojallakin on sellainen. Sillä pääsee metsään ja minne vaan.

– Ehkä minä voisin kellariin jonkinlaisen päämajan raivata ja perustaa, ehdotti Anselmi.

– Se on aivan liian pieni, sanoi Santtu, kaatoi omia aikojaan lisää kahvia mukiin.

– Eihän sinne mahdu kuin muutama ukko. Mutta entä jos kokoonnutaan Liisan luona. Sillähän on iso talo siellä ja Eetin kanssa kahdestaan asuvat. Talon alla on kellari ja aika iso sellainen ja minun tietääkseni nykyisin vallan käyttöä vailla. Ja eikös siellä vietävä vieköön, ole autotallikin talon alla. Oli ainakin ennen.

Eikös se Mauno siellä joskus pitänyt autoakin. Sinnehän mahtuu mönkijöitä, vaikka mitenkä paljon piiloon katseilta.

Suunnitelmia laadittiin toista tuntia, siihen asti, kunnes kahvipannu tyhjeni. Lisää hän ei tahtonut keittää, sillä Santun intoilu väsytti. Santtu älysikin pian lähteä katiskoitaan kokemaan. Saattaessaan Santtu ulko-ovelle hän sanoi:

– Tästä ei vielä muille hiiskuta mitään, vain niille, jotka nyt pyydetään mukaan. Minä ilmoitan kyllä sitten koko kylälle vaikka, kun laitetaan asiat kunnolla vireille. Jos tämä kaikki olisi ainakin aluksi ihan epävirallista. Ajattelin, että jos lauantaina pidetään jokin palaveri.

– Mitä sitä salailemaan, sanoi Santtu. – Mennään torvet soiden tekemään iskuryhmää.

Anselmi kertoi:

– Minä tarkoitan, että kun minun tausta nyt on mikä on. En tosin poliisin kirjoissa enää ole, en sen jälkeen, kun Suolammelta muutin pois. Sielläkin oli vain semmoista pientä, pontikan keittoa ja viinan myyntiä. Mutta on se tausta aika kalpea ja hämärä. Eihän minulla ikinä ole ollut mitään vakinaista virkaa tai työsuhdetta. Olen vain ollut. Mutta minä vaikka lauantaina ilmoitan muille, että asia on vireillä. Nyt ne taitavat kaikki olla jo töissä tai ainakin menossa töihin.

– No, ole sinä hissukseen, päätti Santtu. – Minä kuitenkin Liisalta kysyn, että sitä päämajaa ja muutakin.

Santtu lähti ja hän jäi katsomaan Santun menoa. Santtu kulki hiipien pikkutietä, näytti kuin mies olisi varkaisiin menossa, katosi sitten mutkan taa. Hetken hän katui, että oli Santulle mitään kertonut, mutta eihän kävelytyyli miestä pahenna, hän sitten ajatteli. Vaikka Santtu vain juoppo olikin, niin tuntui tämä olevan toiminnan miehiä. Jo aikaisemmin tämä oli kulkenut yhtenään kodin ja järven väliä, nyttemmin oli kulkenut entistäkin ahkerammin sinne tänne etsimässä veneensä rikkojaa. Kyllä kodinturvajoukoilla voisi olla käyttöä sellaiselle miehelle. Lisäksi Santtu voisi olla se olento, jolle hän kertoo suunnitelmistaan ja aikeistaan ensin ja kun näkee Santun reaktiot, voi vielä muuttaa suunnitelmia ennen kuin kertoo niitä muille. Jotenkin tuntui kuuluvan asiaan, että hänellä olisi joku, mieluummin joku häntä vähän tyhmempi, jolle hän voisi ääneen kertoa aikeistaan. Eikä Santtu ollut liian tyhmä, oli lisäksi kärkäs sanomaan, jos hän innostuisi suunnitelmissaan liiallisuuksiin.

Anselmi jäi vielä kahvipöytään miettimään. Hän pääsi kuvitelmissaan niin hyvään vauhtiin, että näki sielunsa silmin kodinturvajoukkojen ytimen, pienen joukon, joka vartioisi kylää hämärissä, iski kuin salama taivaalta, milloin sellaista tarvittiin. Mutta pian kai ryhmään liittyisi enemmän väkeä, olisi isompi joukko miehiä ja naisia, olisi joku, joka hoitaisi muonitusta, joku hoitaisi aseistusta, olisi viestin viejiä ja olisi kaikkea sitä, mitä oli poliiseilla tai armeijalla. Itse hän olisi enimmäkseen päämajassa, saisi viestejä muilta, tekisi suunnitelmia, tutkisi karttoja. Iltaisin hän pienen ryhmän johdossa lähtisi kylälle hoitamaan työtään. Ja takaisin palatessa olisi Liisa paikalla kahvia keittämässä, voileipiä tekemässä.

Usein tuo hänen kuvitelma muistutti jonkun sotaelokuvan sissipartion toimia.

Hän jäi levollisin mielin odottamaan huomista. Ainoa asia mikä harmitti, oli se, ettei hän vieläkään tiennyt missä oli hänen haulikko.

19.

Eeti kulki järvelle ongelle, välillä hyvin varhain aamulla, välillä myöhään illalla, välillä keskipäivällä. Tällä kertaa hän oli liikkeellä aamuvarhaisella. Hän istui samalle paikalle kuin aina ennenkin, nojasi selkänsä samaa puuta vasten, katsoi järven yli samaan suuntaan kuin aina. Hänellä oli samat vaatteet kuin aina, samat tavarat mukana kuin aina, paitsi että nyt hänellä oli ylimääräinen, pitkulainen käärö. Se oli kääritty telttakankaaseen, niin ettei siitä nähnyt mitä oli käärön sisällä.

Vieläkään hänellä ei ollut matoa koukussa, ei edes koukkua, ei muutakaan oikeaa syöttiä, vain punaisesta polkupyörän sisäkumista leikattu suikale, joka oli sidottu siiman päähän. Siihen ei vielä kertaakaan ollut kala tarttunut. Onki oli painettu maahan niin, että pysyi paikallaan, vaikka hän ei siihen koskenut. Hän sormeili mieluummin telttakangaskääröä, tai katseli kiikarilla vastarantaa.

Järvenrannalla istuessaan hän oli nähnyt missä Ranttali asui, tiesi mitä reittejä poika käytti kylälle kulkiessaan. Iljan luona käydessä hän oli tarkasti katsonut ympärilleen, tunsi tienoon, tiesi mikä tie ja polku, minnekin johti. Hän tiesi Ranttalin menot ja tulot kai jo paremmin kuin poika itse. Ei hän tiennyt kävikö poika vielä koulua vai oliko töissä, mutta kellontarkasti tämä arkisin jonnekin kulki, oudon tarkasti, jos vertasi siihen, miten poika kylällä aikaa vietti. Jopa viikonloppuisin poika ainakin kotoa lähti samoihin aikoihin kerrasta toiseen. Sitä hän ei tiennyt, mihin aikaan poika yöllä kotiin palasi. Ehkä äiti ja isä kotona pystyivät pitämään kuria sen verran, että pojan piti odottaa tiettyä kellonlyömää ennen kuin pääsi kylälle tekemään mitä sattui huvittamaan. Joissain asioissa tuo pukari kulki kellon tarkasti.

Hän näki järven takaa pienen pellon, pienen tien ja vielä pienemmän järveä kiertävän polun. Sitä kautta pukari oli kulkenut kylälle niin kauan kuin hän oli tätä järvenrannalla tarkkaillut, arkisin kulki kai työhön tai kouluun, pyhäisin kulki vähän myöhemmin jonnekin, mutta miltei yhtä täsmällisesti kuin arkisin.

Kun kuuli jonkun lähestyvän, hän piilotti käärön risukasaan. Santtu Kruuppa oli huomannut hänet, tuli kohti.

– Miksi helvetissä sä Huopajärvessä ongit? Santtu kysyi.

– Järvi mikä järvi, mitä väliä sillä on.

– Eihän tämä ole kuin lätäkkö. Ei ole keskeltäkään kuin pari metriä syvä.

– Ei kai kalat sitä mittaile.

– Saako tästä edes mitään kaloja?

– En minä kaloista piittaa.

– Mikset käy Kaljajärvessä, missä minäkin.

Tuo pani miettimään. Pitäisikö kertoa Santulle, ettei viihtynyt Kaljajärvessä siksi kun Santtu siellä kalasteli. Miten Santtu siihen suhtautuisi, suuttuisiko kovastikin. Entä jos kertoisi Santulle totuuden, sen miksi juuri Huopajärvessä aikansa kulutti.

Santtu katsoi häntä uteliaana, epäilevänä. Yrittikö mies lukea hänen ajatuksia, näkyivätkö ne päälle. Vai epäilikö Santtu sitä, että hän olisi rikkonut Santun veneen. Ei miestä mikään muu asia tainnut kiinnostaa.

Santtu kuitenkin katseli jo menosuuntaan, kääntyi lähteäkseen, mutta kääntyikin samassa takaisin ja sanoi:

– Se, joka minun veneen rikkoi, sen minä kyllä paljastan. Jos sinulla on jotain tekemistä sen asian kanssa, niin varo vaan. Minä sen asian selvitän. Nyt on kuule ilmassa semmoiset tuulet, että pannaan kuriin kaikki pukarit ja pikkuvorot ja veneenrikkojat. Muuttuu nyt suunta tässä kylässä.

Santtu yritti olla hyvin äkäinen, mutta vain näytteli sitä. Hän jostain arvasi, että Santtu otti asian esille vain siksi, että saisi hänet pelkäämään jotakin. Ei Santulle ollut väliä sillä, oliko hän syyllinen vai syytön, Santtu vain halusi nähdä hänen pelkäävän. Ja vielä muutama kuukausi aikaisemmin hän olisi pelännytkin, vaikka oli aivan syytön.

Hän katsoi Santtua suoraan silmiin, ei enää pelännyt Santtua ja Santtu kai vaistosi sen, jatkoi matkaa.

Hän katsoi Santun perään, tajusi, että enää Santtu ei ollut onnistunut pelästyttämään häntä. Tuntui ettei hän enää pelännyt mitään, ei ainakaan niin paljoa mitä aikaisemmin. Ei hän pelännyt edes ihmisiä joita tapasi, tuskin pelkäisi kouluakaan, vaikka semmoiseen joskus joutuisi.

Ollessaan joskus lapsena järven rannalla, oli sen jälkeen öisin aina tullut painajaisiin, että hän hukkuisi, vajoaisi hitaasti mutaan. Se painajainen oli seurannut häntä aikuisuuteen asti, mutta ei seurannut enää. Nyt järvi oli vain järvi, ei siihen hukkuisi, ei ainakaan, jos ei menisi veteen. Koulu oli vain koulu, eloton rakennus. Ihmiset olivat vain ihmisiä, olivat kuin kaloja, yhtä tärkeitä, yhtä mitättömiä. Ei niillä ollut mitään väliä. Ne saisivat hänen puolesta mennä ja tulla miten mielivät, sekä järvessä että maalla. Eivät ne olleet maailmassa häntä varten, ne olivat olemassa hänestä huolimatta.

Hän ei enää pelännyt. Johtuiko se siitä, että oli joutunut pukarilauman pahoinpitelemäksi? Kai hän oli kohdannut peloistaan yhden pahimmista ja selviytynyt siitä, tosin ei ihan ilman vammoja. Hän oli käynyt kuoleman kynnyksellä. Mitä pahempaa enää voisi tapahtua.

Mitähän pukarit tuumisivat, jos menisikin kiittämään näitä oikein kädestä pitäen, kun olivat hänet peloista parantaneet.

Kun oli baarissa kuullut, miten Ranttali oli kerskunut käymillään tappeluilla, oli jotain taas muuttunut. Siihen mennessä hän ei ollut asiaa ajatellut paljoakaan, oli keskittynyt vain siihen, että parantuisi kaikista vaivoistaan, aloittaisi uuden elämän, entistä paremman elämän. Mutta Ranttali ja nuo muutkin pukarit, tuntui että he eivät pidä pieksemiään ihmisiä ihmisinä ollenkaan. Uhrit olivat heille vain kuin roskakaloja onkimiehelle, ei ajatuksien arvoisia. Hän itsekin oli vain uhri uhrien joukossa, hänen kärsimyksillä tai elämällä tai tulevaisuudella ei kai pukareille ollut mitään merkitystä. Hän oli noille pukareille vain kuin härkä, joka ottaa vastaan matadorin pistot. Hän oli vain härkä, pääosassahan aina oli matadori. Hän oli vain härkä, mutta mitä kaikkea härkä mahtoi pelätä. Pelkäsi kai ainakin matadoria, pelkäsi tämän terävää pis tintä. Pelkäsikö punaista vaatetta vai vihasiko sitä? Luonnossa härkä takuulla pelkäisi saalistajia, ainakin laumassa liikkuvia petoeläimiä.

Hän otti paremman asennon, koetti rentoutua, mutta piti silmät auki, ettei nukahtaisi. Hänen piti nyt vain odottaa ja odottaa.

Vieläkin Santtu etsi veneensä rikkojaa, ei tajunnut miten lähellä tätä oli. Toisaalla Anselmi etsi haulikkoa. Häntä se hymyilytti. Hän hyvin tiesi kuka Santun veneen oli rikkonut, tiesi missä oli Anselmin haulikko. Siitä saivat nyt muistutuksen nuo kaksi ukkoa, joista hän ei pitänyt. Santtu oli aina yrittänyt pelotella häntä ja Anselmi kohteli häntä kuin jotain palvelijaa.

Hetken hän mietti, että oliko hänessä ja Ranttalissa sittenkin jotain samaa. Ranttali oli pienen talon poika ja veljessarjan nuorimmainen. Elämä kai oli ollut muiden palvelemista, lisäriesana Santun tapaisia miehiä ja naisia kiusaa tekemässä. Kun kertoi baarissa pieksemästään ihmisestä, Ranttali oli sanonut, että se tyyppi ei enää tule häntä neuvomaan. Oli häntä itseäänkin monesti harmittanut, kun miltei kaikki tuntemansa ihmiset pitivät itseään jotenkin viisaampina ja parempina kuin häntä, samaiset ihmiset, joista hän tahtoessaan olisi voinut luetella vikoja ja puutteita vaikka miten paljon. Jopa juopunut Santtu oli hänelle kerran saarnannut, että ihmisen pitää elää rennosti ja ilman stressiä, että huolten painamat ihmiset vajoavat hautaan ensimmäisinä. Tavallinen, juopunut Santtukin oli olevinaan viisaampi kuin hän.

Ei hän kuitenkaan tuntenut yhtään ihmistä, joka olisi suostunut Santun kanssa osia vaihtamaan.

Samassa hän valpastui. Ranttali kulki järven toisella puolella pellonlaitaa huolettomana, katosi hetkeksi hänen näkökentästä metsikön sisälle, mutta tuli taas esille sieltä mistä hän tiesi odottaa. Nyt kaikki tuntui sujuvan kuin elokuvassa, missä hän itse oli pääosassa sekä myös ohjaajana. Kaikki sujuisi hienosti, kunhan Ranttali vain toimisi kuten oli toiminut muulloinkin.

Hän jäi vielä paikalleen, liotti vedessä kumisuikaletta, kääntyi katsomaan polkua mistä uskoi Ranttalin pian ilmestyvät näkyville.

Kun Ranttali järveä kiertäessään näkyi hetken aikaa paljon lähempänä, hän nosti ongen järvestä, asetti sen puuta vasten nojaamaan. Hän otti risukasasta käärön, siirtyi sitten paikkaan mistä näkisi Ranttalin tulon. Siinä oli vain polku, polun toisella puolella peltoa, toisella puolella tuuheaa vesakkoa. Siinä oli hyvä odottaa Ranttalia. Ranttali ei häntä näkisi ennen kuin olisi myöhäistä. Hän ryhtyi avaamaan kääröä.

20.

Anselmi heräsi aamulla sikeästi nukutun yön jälkeen, mutta olo ei ollut hyvä. Tästä piti tulla hänen suuri päivä. Tänä päivänä hän ilmoittaisi ensin tuttaville, sitten koko kylälle, että perustaisi kodinturvajoukot. Antti ja Jussi Vertonen ja Lehmusvirta ja muukin, kaikki jotka he Santun kanssa olivat mukaan pyytäneet, ilmestyisivät Jaastareille aamupäivällä ja silloin asia saisi sinetin. Siitä pitäen hän olisi päällikkö, kodinturvajoukon päällikkö. Hän olisi kylällä suuri ja tärkeä mies.

Mutta olo ei ollutkaan hyvä. Ei hänellä mitään vaivoja ollut, luita ei kolottanut, lihat olivat kuten aina, vatsaa ei vääntänyt. Vaistoko häntä varoitti jostain. Heti aamusta tuli mieleen haulikko, kadonnut tai varastettu haulikko. Oliko poliisi sen jo löytänyt? Mutta miksi juuri tänään, kun hän oli ottamassa ison askeleen elämässään, ison askeleen oikean asian puolesta. Hän olisi itsekin tästä lähtien lain ja oikeuden puolella, olisi itsekin kuin poliisi ikään.

Vain kahvi jotenkuten maistui, ei puuro, ei leipä, ei edes kananmuna. Hän päätti tehdä pienen aamukävelyn, jos sillä pääsisi eroon ahdistavasta tunteesta. Hän toivoi, että törmäisi vaikka Santtuun, voisi tämän kanssa vielä hioa lauseita siitä, miten ilmoittaisi asiasta muille.

Kun käveli tienmutkaan, mistä jotenkuten puiden lomista näki Jaastareiden talon. Hän havaitsi, että paikalla oli jo väkeä.

Olivatko he siellä häntä varten? Kun oli viimeksi Santun tavannut, oli sovittu, että kokoonnuttaisiin Jaastareille kello kymmenen ja yhdentoista välillä, että paikalla silloin oli- sivat vain he jotka kodinturvajoukkojen ydin- ryhmän muodostaisivat. Santtu oli luvannut toimia viestinviejänä. Mutta paikalla näytti olevan väkeä paljon, autojakin niin etteivät kaikki pihaan mahtuneet. Ja miksi olivat paikalla niin varhain. Nyt kello ei ollut vielä yhdeksääkään.

Oliko Santtu käsittänyt ajan väärin? Miksi pitikään uskoutua tuolle juopolle? Miten Sant- tu oli hänen suunnitelmat käsittänyt, mitä nyt kertoi kylällä ihmisille?

Ja miksi paikalla oli niin paljon väkeä. Eihän heitä alkuun pitänyt olla kuin puolen tusinaa miestä ja Liisa. Mitä Santtu oli touhunnut?

Hän palasi kotiin, puki kiireesti ylleen pyhävaatteet, katsoi peilikuvaa. Kyllä hän edelleen oli päällikön näköinen mies, vakaa ja ryhdikäs. Hän löysi jalkoihinsa nahkasaappaat. Ne olisi pitänyt rasvata, mutta enää ei ollut aikaa. Vielä hän vietti hetken peilin edessä. Ehkä hänessä sitten oli sitä jotain, jotain mitä ei kaikissa miehissä ollut, jotain mikä teki hänestä parhaan päällikön kodinturvajoukolle. Hän muisti miten Iivana oli säikähtänyt häntä niin, että laski housuihin. Se hymyilytti häntä. Ehkä tuo pukari oli jo jostain kuullut, että hänestä leivottiin päällikköä, sotapäällikköä taistelussa pukareita vastaan, oli siksi niin pelästynyt häntä. Ehkä hänessä tosiaan oli jotain, mitä ei itsekään tiennyt itsessään olevan. Hän sanoi peilikuvalleen:

– Kodinturvajoukkojen päällikkö, Anselmi Kuurula.

Se kuulosti hyvältä.

Hän oli valmis. Hän lähti Jaastareille kiireisenä ja tärkeänä, mutta vaikka matkaa oli vain reilu puoli kilometriä maantietä pitkin, ahdistus palasi jo ennen kuin oli lähelläkään. Jotain oli vialla, mutta ei hän käsittänyt mitä. Aurinko paistoi kuten sen kuuluikin tehdä, heikko tuuli puhalsi pellon yli kuten muinakin päivinä, linnun lauloivat kuten ennenkin, kartanon kohdalla naakkaparvi piti omaa meteliä.

Silti jotain oli vialla. Väkeä oli Jaastareiden pihalla aivan liikaa, autojakin niin paljon että pikkutie oli melkein tukossa.

Hän asteli lähemmäksi, tapasi ihmisiä jo maantiellä, mutta kukaan ei tuntunut panevan häntä merkille. Ihmiset vain kävelivät sinne tänne, tai seisoivat pieninä ryhminä, eikä kukaan edes katsonut häneen päin, vaikka takuulla näkivät hänen tulevan. Eivät he tuntuneet huomaavan häntä lainkaan.

Hän astui ihmisten joukkoon. Pulinaa kuului monesta suunnasta, mutta hänen nimeä ei mainittu eikä kodinturvajoukkoja. Siksi monelta taholta pulinaa kuului, että toinen pulina peitti alleen toisen, niin ettei pulinasta saanut mitään selkoa.

Näkyi paikalla olevan myös Santtu, mutta näytti jotenkin oudolta. Itse asiassa kaikki näyttivät vähän oudoilta, mutta Santtu vielä enemmän kuin muut. Kun Santtu lopulta havaitsi hänet, käänsikin Santtu hänelle selkänsä, asteli kiireesti kotia kohti.

Hän näki portaiden juurella Antin ja olihan siinä myös Maikki, vähän taaempana Jussi Vertonen, Lehmusvirta ja Viitasmäki. Hän meni heidän luo, sanoi:

– Ajattelin, että minä nyt ilmoittaisin kaikille siitä, että ryhdyn kodinturvajoukkojen päälliköksi.

Antti vain huokaisi, katseli jonnekin kauas.

– Tuskin nyt enää mitään turvajoukkoa tarvitaan, Maikki sanoi.

– No miksikä ei, ihmetteli Anselmi. – Minä olisin nyt valmis alkamaan. Pannaan ne pukarit nyt kerralla ojennukseen. Kyllä se minulta lutviutuu. Olen jo suunnitellut, tai Santun kanssa suunniteltiin...

– Se onkin nyt niin, että se onkin Eeti, joka pitäisi panna ojennukseen, sanoi Maikki. – Ja on jo pantukin. Poliisit sen jo vei. Se Eeti meni ja ampui sitä yhtä pukaria, sitä Ranttalia. Ja se toinen paha epeli, Iivanako se oli nimeltään, sehän jo aikoja sitten juoksi kotiin paskat housuissa. Sen jälkeen siitä ei ole näkynyt vilaustakaan. Tuskin niistä muista nuorista on mitään vaaraa.

– Se taisi olla sinun haulikko, millä se Eeti sitä Ranttalia ampui, sanoi Antti.

Tuo huomautus toi ahdistuksen takaisin ja Anselmi kysyi Antilta:

– Miten sille Ranttalille sitten oikein kävi?

– En minä tiedä, tokaisi Antti. – Mitä sillä on väliäkään?

– Sairaalaan se vaan pääty, sanoi Ilja Jäärälä. – Eikä sillä mitään kummempaa hätääkään taida olla, vaikka haulipanoksen sai vatsaan. Minä sattumalta tulin paikalle.

– No sinähän se nyt varsinainen enkeli olet, sanoi Maikki. – Sinähän sen Eetinkin silloin löysit ja hälytit apua.

– Niinhän siinä kävi.

– Pienikaliiberinen haulikko ja kun aika pitkän matkan takaa ampuu, niin eihän siinä kuinkaan käy, sanoi Jussi Vertonen. – Jos vielä joku paksumpi takki on päällä. Lääkärit vaan nykivät haulit pois kehosta.

– Voi se vähän tuskallista olla, sanoi Viitasmäki.

– Kyllä se ainakin kiljui siellä kuin tapettava sika, sanoi Ilja. – Siksi minä sen löysinkin. Ääni kuului järven toiselle puolelle.

– No se on sille kyllä ihan oikein, sanoi Maikki.

Liisa asteli rappuja alas, katseli kaikkea kuin unessa. Anselmi astui Liisan vierelle. Liisa sanoi:

– Kun poliisi tuli aamulla Eetiä noutamaan, minä olin hetken aivan tolaltani ja taidan olla vieläkin. Kun se poliisi sanoi, että ampumatapaus, minä luulin, että Eetiä on joku ampunut. Mutta ei Eetissä ollut näkynyt sellaisia merkkejä, vasta hetkeä aikaisemmin minä olin pojan nähnyt. Eeti oli tullut järveltä, viskannut ongen rappujen viereen, mennyt huoneeseensa. En minä ollut huomannut siinä mitään outoa.

Kun se poliisi siihen kerran tuli, niin minä sitten Eetiä noutamaan. Soitin kyllä ensin Antille ja Maikille, sanoin että tulevat kiireesti tänne. Se toinen poliisi kulki minun perässä sisälle asti, toinen jäi avoimelle ulko-ovelle seisomaan. Eeti oli huoneessaan seisomassa ikkunan ääressä, oli takuulla siitä nähnyt poliisiauton tulon. Minä kun kuvittelin, että Eeti olisi aivan kauhuissaan, mutta se olikin rauhallisempi kuin kai koskaan. Ennen kuin ehdin mitään sanoa, se sanoi:

"Poliisi vai?"

Minä pystyin vain nyökkäämään. Se oli kuin vieras poika, kuin joku teevee sarjassa oleva robotti tai ufomies, ei ollut tästä maailmasta. Jotain sellaista se vielä mutisi, että olisi pitänyt sitä Santtuakin ampua. Ja kun se sitten poliisien välissä kulki poliisiautoon, minusta näytti kuin se olisi hymyillyt. Onhan se hymyillyt usein ennenkin, mutta ei koskaan sillä tavoin, ei niin ylimielisesti ja voitonvarmasti. Kävelikin niin korskeasti. Se oli sellainen kopea ja ylimielinen, kuin...?

– Kukonpoika, sanoi Maikki.

Liisa kääntyi katsomaan Maikkia ja sitten Anttia. Antti vain seisoi kumaraisena kädet taskuissa vaimonsa takana, ei yrittänytkään ottaa kantaa mihinkään. Ja kun Maikki otti muutaman askeleen katsellakseen läheltä kukkaistutuksia, Antti käveli perässä kuin opetettu koira. Mitähän siinä perheessä oli tapahtunut, Liisa ihmetteli. Aina niin kärkäs ja itsevarma Antti oli kuin varjo entisestä. Missä oli valloittava hymy, missä reipas, suora ryhti.

Poikahan näytti aivan lyödyltä mieheltä. Samassa hän muisti Anselmilta kuulleensa, että Antti kai oli aikonut ajaa autolla nuoriso-lauman yli, syyttömienkin ihmisten yli. Oliko tuo hänen poika edes?

Hän kääntyi katsomaan Anselmia: Yhtä surkealta näytti myös Anselmi, oli kuin mie-hestä olisi ilmat päästetty ulos, tuijotti vain maahan varisseita lehtiä kuin ei olisi aikai-semmin sellaisia nähnyt.

Ja samassa vähän kovempi tuulenpuuska kantoi lisää kuolleen vaahteran lehtiä pihalle.

Kirjailijan aikaisempaa tuotantoa:

Suossa Kulkijat	Books on Demand 2015	
Varovainen murtovaras	Books on Demand 2013	
Kulaus	Books on Demand 2012	
Kaikkea se viina teettää	Books on Demand 2011	
Koiran sydän	Books on Demand 2009	
Ravunsyötit	Books on Demand 2007	
Päättömän pyyn tapaus	Pilot-kustannus	2005
Puolen peikon tarina	Pilot-kustannus	2004
Kertomuksia Tuulensuun mäeltä Kirkkonummen kirjaston ystävät RY		2003
Peltikattomurha	MC-Pilot	2002
Katajankaataja	Kesuura	1998
Mies halusi nukkua	Kesuura	1996
Rottajahti	Kesuura	1995
Kanavarkaat	Kesuura	1993
Joulukinkku	Yle	1988